NIKKI BUSCH

DIES IST KEIN Poesiealbum

CARLSEN

Inhalt

NACKTE
TATSACHEN

Deine persönlichen Daten

Name

Bedeutung/Herkunft meines Namens

Spitzname

Wer hat den erfunden?

Geburtsdatum und -ort

Sternzeichen

Religion

Schule/Ausbildung/Beruf

Internet-Communities

Hobbys

Fan von

Lebensmotto

MEIN PHANTOMBILD (Mädchen)

Auf Seite 10 kannst du die verschiedenen Augenbrauen-, Augen-, Nasen- und Mundformen ausschneiden und hier einkleben. Auf Seite 11 findest du passende Ohren und Kinnpartien dazu. Zeichne dir zum Schluss eine schicke Frisur!

Phantombild-Zutaten Jungs

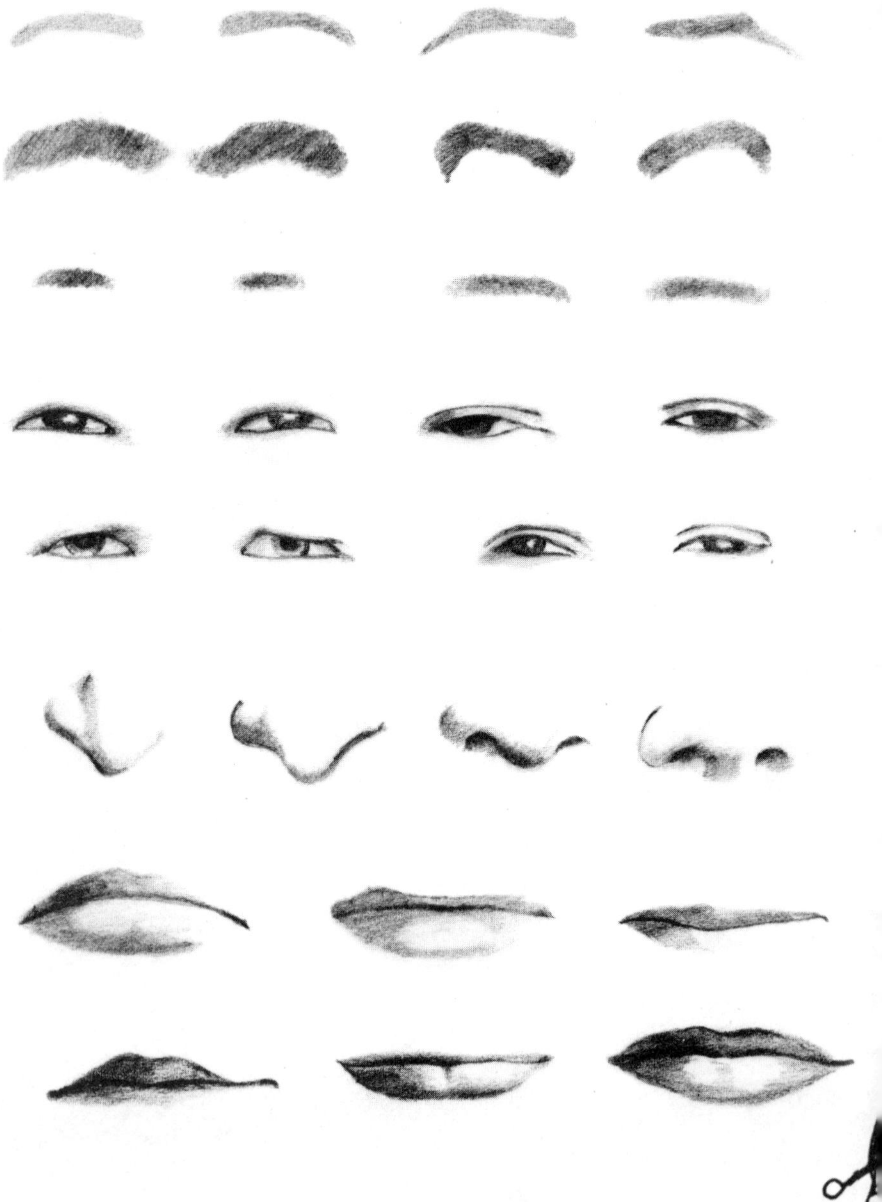

MEIN PHANTOMBILD (Jungs)

Auf Seite 8 kannst du die verschiedenen Augenbrauen-, Augen-, Nasen- und Mundformen ausschneiden und hier einkleben. Auf Seite 11 findest du passende Ohren und Kinnpartien dazu. Zeichne dir zum Schluss eine Frisur und – wenn vorhanden – einen Bart.

Phantombild-Zutaten Mädchen

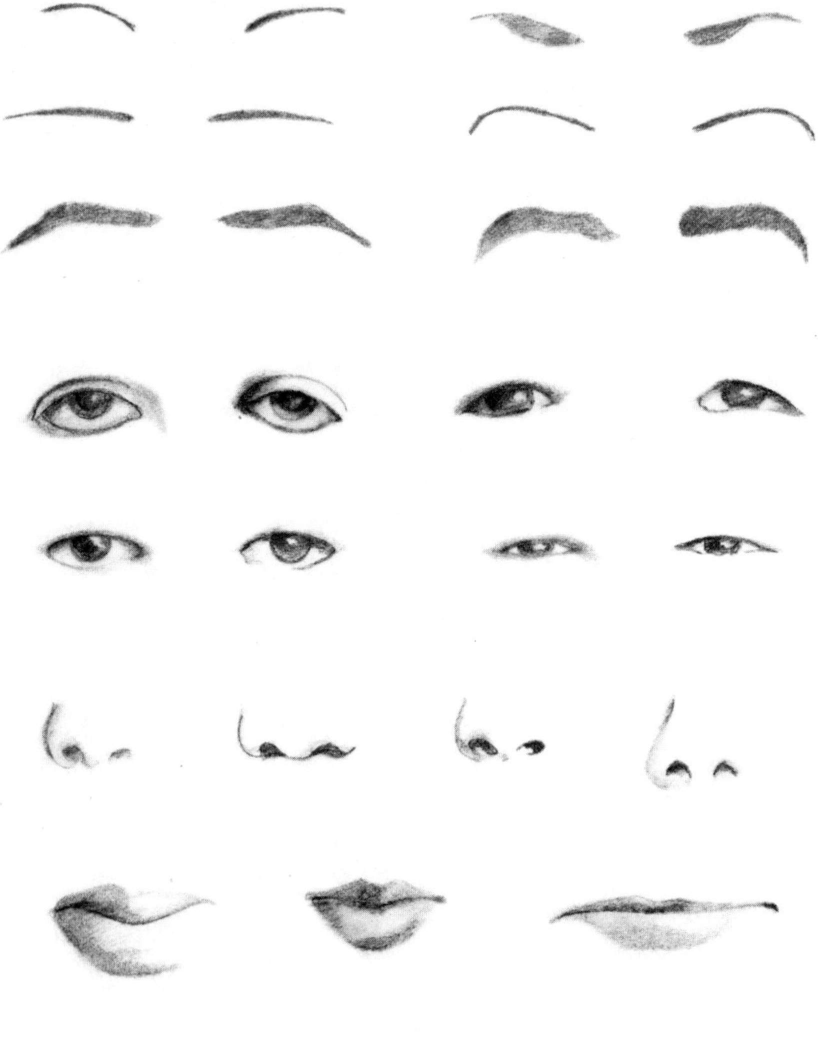

Zutaten allgemein

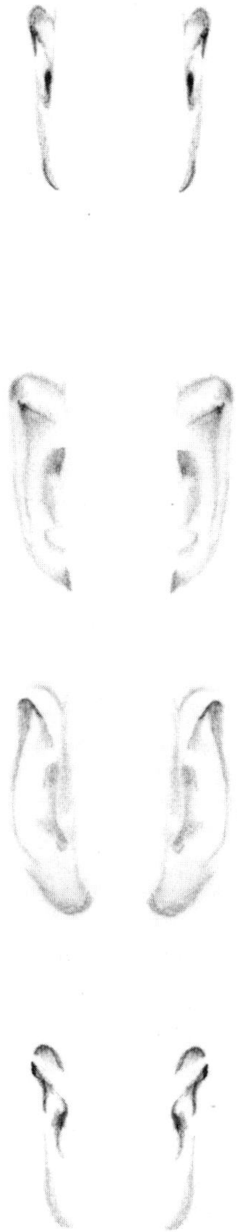

Familien-bande

Du und deine Familie

Familiencheckliste

Leben deine Eltern im gemeinsamen Haushalt?

◯ Ja ◯ Nein

Wenn nicht, bei welchem Elternteil lebst du?

◯ Vater ◯ Mutter

Seid ihr eine Patchworkfamilie?

◯ Ja ◯ Nein

Kommst du mit dieser Konstellation klar?

◯ Ja ◯ Nein ◯ Geht so

Wie oft siehst du den anderen Elternteil?

◯ Regelmäßig ◯ Selten ◯ Gar nicht

Ist das okay für dich oder würdest du es dir anders wünschen?

◯ Ja ◯ Nein ◯ Manchmal

Wie wichtig ist dir deine Familie?

◯ Sehr ◯ Egal

Fühlst du dich wohl in deiner Familie?

◯ Sehr ◯ Manchmal ◯ Gar nicht

Wenn nicht, woran liegt das?

Bekommst du ausreichend Anerkennung?

◯ Ja ◯ Nein ◯ Ist mir egal

Hast du genügend Freiräume?

O Ja O Nein

Seid ihr in der Familie füreinander da?

O Ja O Nein O Selten

Oder macht jeder sein Ding, ohne den anderen wahrzunehmen?

O Ja O Nein

Gibt's bei euch oft Streit?

O Sehr oft O Oft O Manchmal O Ganz selten

Könnt ihr gut miteinander reden?

O Ja O Nein O Sehr selten

Was ist cool an deiner Mutter?

____

Was nervt dich total an ihr?

____

Was würdest du ihr gern mal sagen?

____

Was macht dein Vater richtig?

____

Was sollte er besser bleibenlassen?

____

Welchen Satz hat dein Vater noch nie von dir gehört?

____

Wem fühlst du dich emotional näher?

○ Mutter ○ Vater

Welches Familienmitglied hat die meiste Zeit für dich?

○ Mutter ○ Vater ○ Geschwister

○ ____________

Wem würdest du dich im Notfall anvertrauen?

○ Mutter ○ Vater ○ Geschwister

○ ____________

Welche Eigenschaft hast du von deinen Eltern geerbt?

____

Wem siehst du ähnlicher?

○ Mutter ○ Vater ○ Geschwister

○ ____________

Helfen dir deine Eltern, wenn du Sorgen hast?

○ Ja ○ Nein ○ Selten ○ Will ich gar nicht

Können deine Eltern Geheimnisse für sich behalten?

○ Ja ○ Nein ○ Nur meine Mutter

○ Nur mein Vater

Zeigen deine Eltern Interesse an deinen Hobbys?

○ Ja ○ Nein ○ Nur meine Mutter

○ Nur mein Vater ○ Bloß nicht!

Hast du deine Eltern schon einmal massiv belogen?

○ Ja ○ Nein

Wenn ja, weshalb?

____

Über welche Themen zofft ihr euch am meisten?

○ Schule ○ Hausarbeit ○ Stylingfragen

○ Zuspätkommen ○ Meine Freunde

○ ______________________

Würdest du lieber in einer anderen Wohngemeinschaft als deiner Familie leben? ○ Ja ○ Nein

Wenn ja, warum und in welcher?

____

Hast du für den Ernstfall eine andere erwachsene Bezugsperson?

○ Ja (wen?)______________

○ Nein ○ Brauch ich nicht

Gefällt es dir, Geschwister zu haben?

○ Ja ○ Nein ○ Meistens ○ Selten ○ Habe keine

Hast du Stiefgeschwister?

○ Ja ○ Nein

Was nervt am meisten an Geschwistern?

____

Haltet ihr manchmal gegen eure Eltern zusammen?

○ Immer ○ Manchmal ○ Selten ○ Nie!

Mit wem in der Familie verstehst du dich am besten?

____

Gibt es ein tierisches Familienmitglied, um das du dich kümmern musst?

○ Ja ○ Nein

○ Schön wär's! Ich hätte gern ______________

Welche Pflichten hast du zu Hause? Kreuze an, wie regelmäßig du diese Dinge erledigst!

	regelmäßig	meistens	selten	vergesse ich immer
1. Zimmer aufräumen				
2. Abwaschen				
3. Müll wegbringen				
4. Einkaufen				
5. Wäsche waschen				
6. Tiere versorgen				
7.				
8.				
9.				
10.				

Was findest du besser an deiner Familie als an Familien deiner Freunde?

____

____

Was könntet ihr besser machen?

____

____

Mögen deine Eltern deine Freunde?

○ Ja ○ Nein ○ Ist ihnen egal ○ Sehr unterschiedlich

Finden deine Eltern deinen Style und dein Outfit gut?

○ Ja ○ Nein ○ Ist ihnen egal ○ Sehr unterschiedlich

Spielt es eine Rolle, ob deine Eltern deinen Style und deine Freunde mögen?

○ Ja ○ Nein, die Meinung meiner Eltern ist mir egal

Unterstützen dich deine Eltern in deinem Berufswunsch?

○ Ja ○ Nein, das ist meine Sache!

Hast du Verständnis für die Sorgen deiner Eltern?

○ Ja ○ Meistens

○ Nein, sind doch nicht meine Probleme!

Fühlst du dich ihnen verpflichtet, weil sie dich großgezogen haben?

○ Ja ○ Nein

Unternehmt ihr als ganze Familie regelmäßig etwas zusammen?

○ Ja ○ Selten ○ Wäre schön, wenn öfter

○ Kein Bock drauf!

Hast du Kontakt zu deinen Großeltern?

O Ja O Nein

Was bedeutet dir dieser Kontakt?

Welche Familienrituale findest du ätzend?

Welche Familienbräuche gefallen dir?

An welchen Feiertagen kommt die ganze Familie zusammen?

O Weihnachten O Geburtstag O Ostern

O ____________

Unterm Strich ...

... finde ich meine Familie:

Mein privater Familien-Zoo

Ordne dir und deinen Familienmitgliedern das passende Tier zu, trage den entsprechenden Namen des Familienmitglieds ein, schneide die Tiere aus und klebe sie in den Bilderrahmen.

Willkommen im Familien-Zoo!

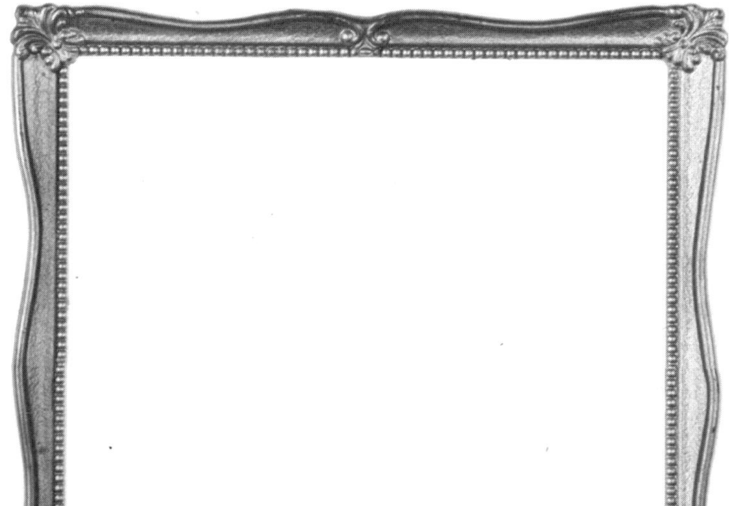

Stammbaum

Weißt du eigentlich, wer genau zur Familie gehört und von wem du abstammst?

Erstelle euren Familienstammbaum! Es wird immer schwieriger, etwas über deine Vorfahren herauszubekommen, je älter du wirst. Trage in die Kästchen Name, Geburtstag und Geburtsort ein.

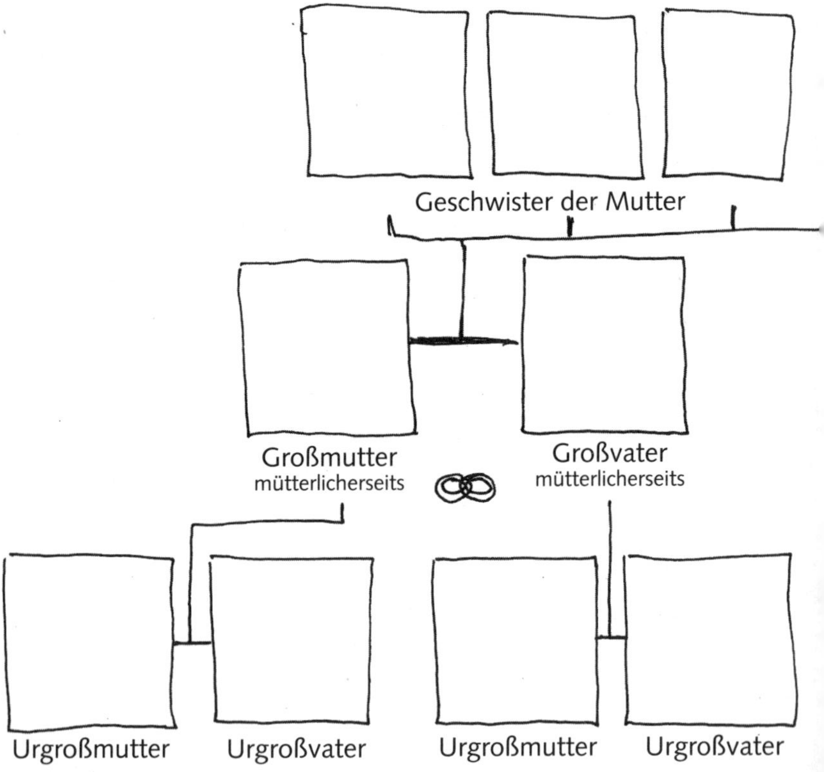

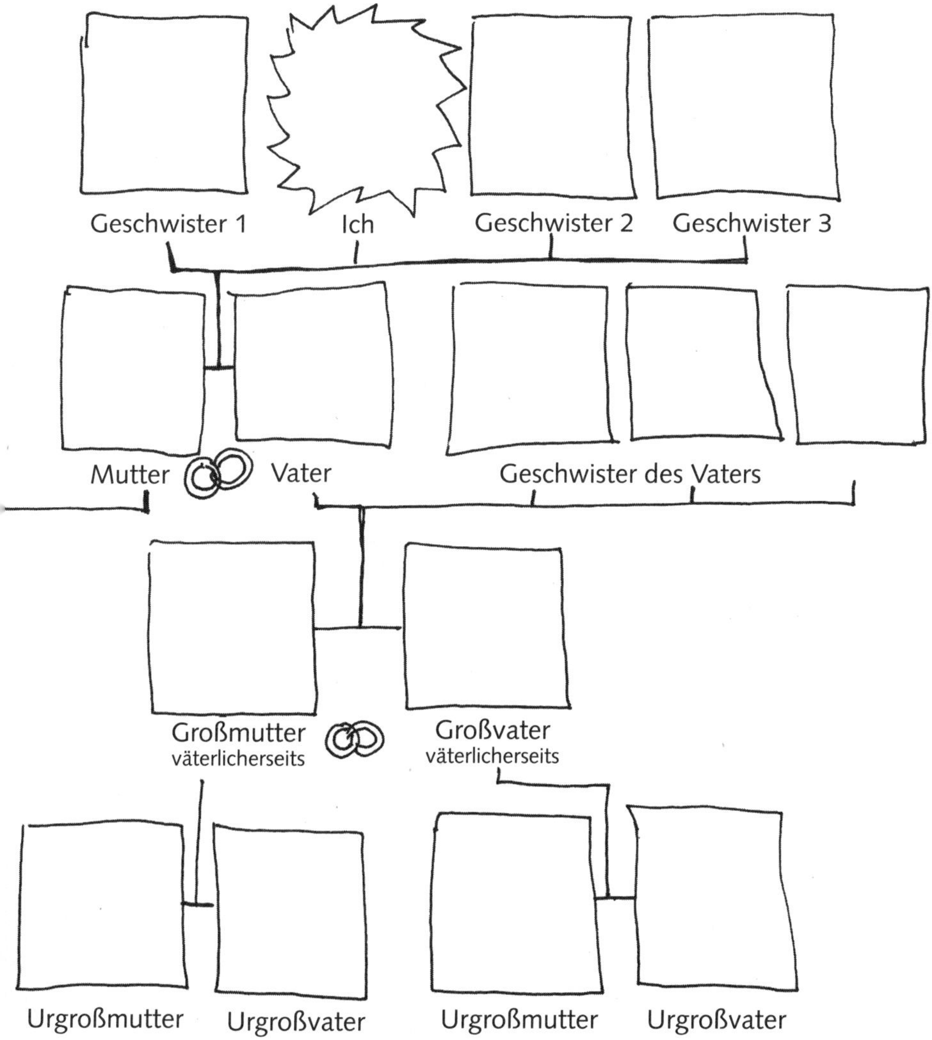
Geschwister 1
Ich
Geschwister 2
Geschwister 3
Mutter
Vater
Geschwister des Vaters
Großmutter väterlicherseits
Großvater väterlicherseits
Urgroßmutter
Urgroßvater
Urgroßmutter
Urgroßvater

Pleite oder flüssig?

DIE SACHE MIT DEM GELD

Diskussionen ums Taschengeld kennst du sicher gut!

Es gibt Empfehlungen, wie hoch das Taschengeld sein sollte. Diese Angaben sind aber nur eine Richtlinie, denn wie viel Geld du bekommst, hängt nicht nur vom WILLEN deiner Eltern ab, sondern auch vom KÖNNEN. Frag doch mal, was sie im Monat verdienen und wie hoch dagegen die festen Ausgaben für Miete, Lebensmittel, Klamotten, Strom, Versicherungen usw. sind. Denk auch an deine Geschwister und deren Taschengeldforderungen.

Stichwort Absprache: Einigt euch darüber, was du von deinem Taschengeld bezahlst. Wenn du beispielsweise deine Kleidung selbst kaufen musst, ist das auch ein Grund für mehr Geld!

Erst ab deinem 11. Lebensjahr macht es Sinn, dir das Geld monatlich auszuzahlen, denn das Einteilen ist echt eine schwierige Sache und will gelernt sein. Denk auch mal drüber nach, dir Geld selbst zu verdienen! Ein Aushilfs- oder Ferienjob ermöglicht dir mehr Luxus, denn eigenes Geld macht dich unabhängiger. Schon ab 14 kann man so einige Jobs erledigen.

KLEINE TASCHENGELD-EMPFEHLUNGSLISTE

Alter in Jahren	Taschengeld pro Woche in Euro
2 - 5	0,50 - 1,00
6 - 7	1,00 - 2,00
8 - 9	2,00 - 3,00
10 - 11	3,00 - 5,00
12 - 13	5,00 - 7,00
14 - 15	7,00 - 9,00
16 - 17	9,00 - 11,00
18	11,00 - 15,00

Unternehmensplan

Wenn du dir »unterbezahlt« vorkommst, dann leg doch deinen Eltern als Diskussionsgrundlage den ausgefüllten »Unternehmensplan Taschengeld« vor. Überlege dir VORHER gute Argumente für eine Taschengelderhöhung!

MONATLICHE AUSGABEN,
die vom Taschengeld finanziert werden müssen

	DRINGEND NÖTIG	LUXUS
Handy-Kosten		
Klamotten		
Kosmetik		
Kino		
Süßigkeiten		
CDs, DVDs, PC-Spiele		
Bücher		
Zeitschriften		
Eintrittsgelder		
Sport		
Sonstiges		
Gesamtsumme:		

Taschengeld

MONATLICHE EINNAHMEN

Taschengeld ____________

Zuschüsse Großeltern u. a. ____________

Selbst verdientes Geld ____________

Gesamtsumme: ____________

VERGLEICH EINNAHMEN – AUSGABEN

Monatliche Gesamt-Einnahmen – Monatlich nötige Gesamt-Ausgaben =

Falls jetzt dein Taschengeld selbst für die nötigen Ausgaben nicht reicht, dann hast du einen guten Grund, mit deinen Eltern über eine Erhöhung zu reden. Hier ist Platz für deine Argumente, um sie zu überzeugen:

____

____

____

Nervige Sprüche,

die du nicht mehr hören willst!

Früher war alles besser

Warte nur, bis Papa nach Hause kommt!

Ihr wisst gar nicht, wie gut es euch geht!

Du hast einen Ring in der Nase wie bei 'ner Kuh

Als wir jung waren …

Mach endlich deine Hausaufgaben!

Kannst du mal schnell …?

DU HAST JA GAR NICHTS AUF DEN RIPPEN – KRIEGST DU ZU HAUSE NICHT GENUG ZU ESSEN?

Räum endlich dein Zimmer auf!

DU MACHST IMMER NUR ÄRGER!

Sitz anständig bei Tisch!

WILLST DU DIR NICHT WAS ÜBERZIEHEN?

SO gehst du nicht aus dem Haus!

Hier sieht es aus, als hätte eine Bombe eingeschlagen

Wie heißt das Zauberwort?

Was hast du dir nur dabei gedacht?

Ist das jetzt modern?

Diese Jugend heutzutage …

Nimm dir ein Beispiel an …!

DU MUSST JA WISSEN, WAS DU TUST

Hör zu, wenn ich dir was sage!

Ein bisschen Dankbarkeit ist doch wohl nicht zu viel verlangt

Es wird gegessen, was auf den Tisch kommt!

Das hast du nun davon!

Solange du deine Füße unter meinen Tisch stellst ...!

Wie siehst du denn aus!?

Du bist aber groß geworden!

Du musst mal wieder zum Frisör

Deine Top 3 der übelsten Sprüche:

Fre und

Du und deine Freunde

Freunde bleiben

Wer ist dein bester Freund/deine beste Freundin?

Seit wann kennst du ihn/sie?

Was gefällt dir am besten an ihm/ihr?

Was stört dich an ihm/ihr?

Habt ihr euch schon einmal richtig gestritten und wenn ja, warum?

Was könnt ihr zusammen am besten unternehmen?

Wer war früher dein bester Freund/deine beste Freundin?

Warum seid ihr es heute nicht mehr?

Wer ist dein ältester Freund/deine älteste Freundin?

Wer zählt noch zu deinen Freunden?

Wer gehört zu deiner Clique?

Mit wem aus deiner Clique hast du Probleme und warum?

Gibt es einen Anführer/eine Anführerin?

Bist du mit deiner Rolle in der Clique zufrieden?

O Ja O Nein

Wenn nein, warum nicht?

Bist du ein Leitwolf

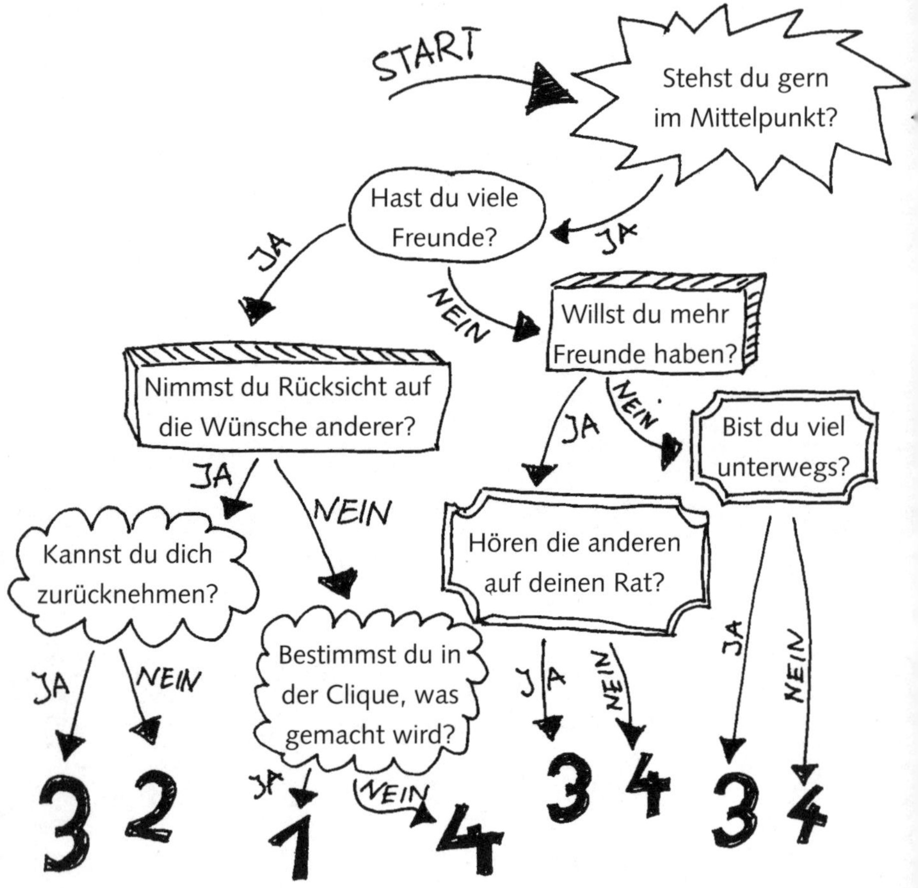

Du bist der absolute Ober-Leitwolf und gibst immer gern den Ton an!

1

Du hast gute Leitwolf-Qualitäten. Was du sagst, ist den anderen wichtig!

2

oder mehr ein Rudeltier?

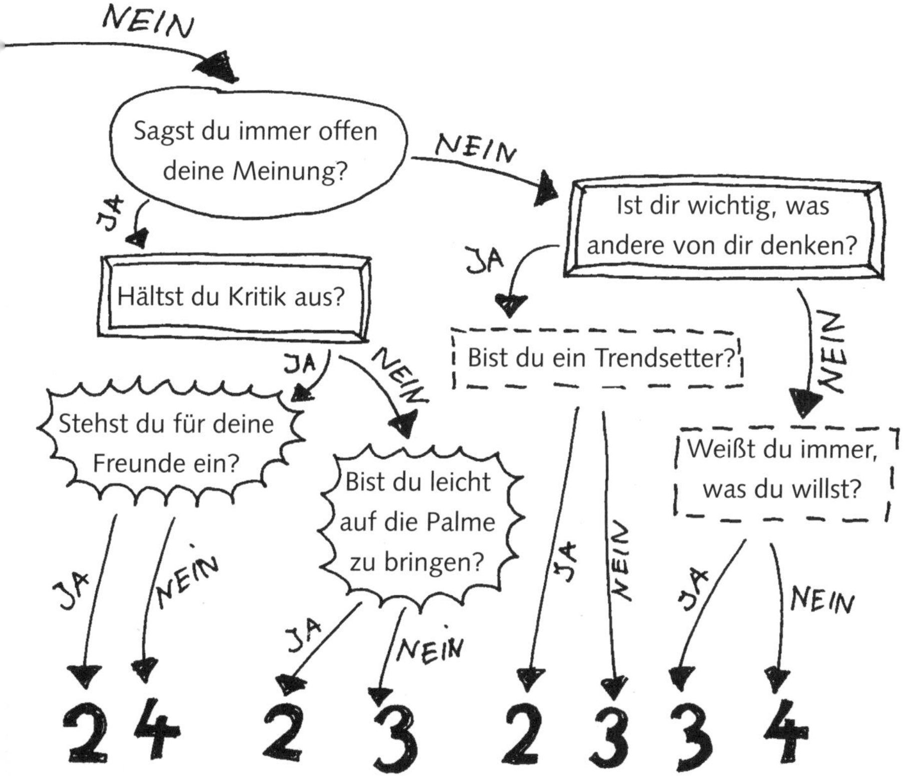

Du fühlst dich wohl als Rudeltier und machst im Hintergrund die Clique stark!

3

Du bist ein Einzelgänger, der sich keiner bestimmten Gruppe anschließen möchte!

4

Was ist dran an deiner Freundschaft?

Welche Eigenschaft ist dir in einer Freundschaft wichtig?

○ Vertrauen ○ Loyalität ○ Fun und gute Laune

○ Ehrlichkeit ○ Gleiche Interessen

Was könntest du deinen Freunden/Freundinnen nicht verzeihen?

○ Unehrlichkeit ○ Vertrauensbruch ○ Eifersucht

○ Dem Freund/der Freundin den Partner ausspannen

○ Keinen Freiraum lassen ○ Unzuverlässigkeit

Hast du schon einmal etwas aus Gruppenzwang gemacht, was du eigentlich nicht wolltest?

Wem würdest du dich in Notsituationen anvertrauen?

Mit wem würdest du es eine Weile auf einer einsamen Insel aushalten?

Mit welchem Freund/welcher Freundin kannst du am besten

über Probleme reden: ________________

lachen: ________________

Blödsinn machen: ________________

shoppen gehen: ________________

telefonieren/chatten: ________________

Sport treiben: ________________

lernen: ________________

spielen: ________________

chillen: ________________

gemeinsame Hobbys ausleben: ____________

Welche gemeinsamen Erlebnisse haben eure Freundschaft am meisten geprägt?

____

Wen kannst du überhaupt nicht leiden und warum nicht?

____

Hast du schon einmal eine Freundschaft beendet und wenn ja, warum?

____

Wurde dir schon einmal die Freundschaft gekündigt und wenn ja, warum?

____

Meins oder deins?

Notier dir, an wen du was verliehen hast, oder trage umgekehrt ein, welche ausgeliehenen Gegenstände deiner Freunde bei dir so rumfliegen …

Liste verliehener Dinge

Deine Band

Stell aus deinen besten Freunden eine Band zusammen und ordne jedem eine Position und ein Instrument zu. Wer ist Leadsänger, wer steht auf Groupies und wer gibt den richtigen Takt an? Schneide die Bandmitglieder aus und klebe sie ins Rampenlicht!

Das rockt!

Hannover
Ausbildungszentrum feiert 25-jähriges Bestehen
Lokaler Integrationsplan soll helfen, Zuwanderer besser ins Stadtleben einzubinden
Vertrag soll Zukunft der Üstra sichern
Kostensenkung gefordert
WIR GRATULIEREN
NOTRUFE
THEMA DES TAGES
Die Stadt will 10 000 Einwohner über 55 Jahre zu ihrer Wohnsituation befragen. Der Seniorenbeirat hat Bedenken. Drei Rentner haben die 60 Fragen schon mal vorab für die HAZ beantwortet.
Höchst-
persönl
ich

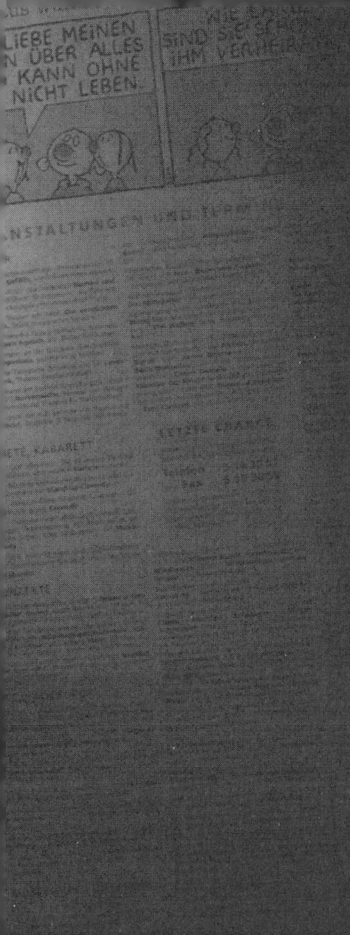

Was dich bewegt

Das bist du!

Was magst du äußerlich besonders an dir?

Was kannst du an deinem Körper gar nicht leiden?

Würdest du dich einer Schönheits-OP unterziehen?

Auf welche deiner Eigenschaften bist du stolz?

Mit welcher Eigenschaft bist du schon öfter bei anderen angeeckt?

Welche Talente hast du?

Was fällt dir sehr schwer?

Worauf hast du nie Lust?

Was mögen deine Freunde an dir?

Wofür bekommst du oft Lob?

Was würdest du an deinem Körper verändern, wenn du könntest? Nimm eine risikofreie Schönheits-OP vor und zeichne die Stellen, die du an dir magst, grün ein, die du nicht magst, korrigiere in Rot!

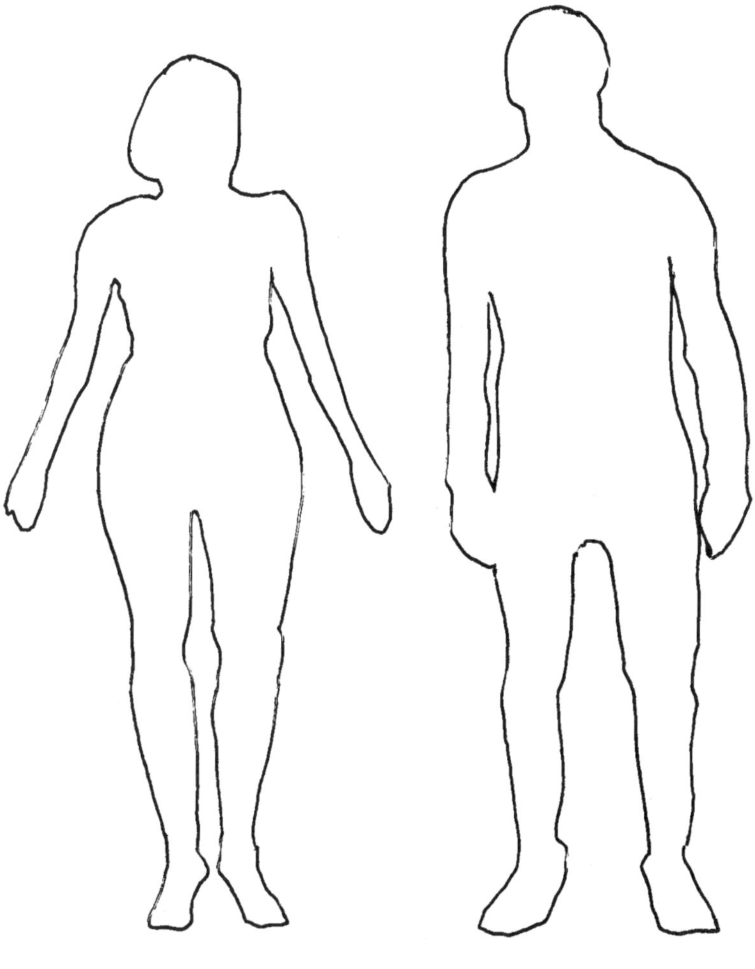

Wähle aus jedem Block drei Begriffe, die dich am besten beschreiben, und notiere sie rechts auf den Notizzettel!

A

- selbstständig
- kreativ
- pünktlich
- ordentlich
- zuverlässig
- ehrlich
- verschwiegen
- intelligent
- ausdauernd
- sportlich
- musikalisch
- unabhängig
- gut gelaunt

B

- attraktiv
- muskulös
- genau richtig proportioniert
- Rundstück
- Size-Zero-Typ
- Problemhautexperte
- modebewusst
- modischer Freestyler
- cool angezogen
- Schmink-Diva
- Trendsetter
- Tattoofan
- Piercingträger

C

- unpünktlich
- unselbstständig
- maulfaul
- Chaosverursacher
- Einzelgänger
- unsicher
- schwatzhaft
- lernfaul
- streitlustig
- gemütlich
- ängstlich
- King Rambo
- Zickenqueen

Selbstfinder

Entscheide dich!

Kreuze spontan jeweils einen der drei Begriffe an, der zu dir passt!

O rot	O weiß	O blau
O Morgen	O Mittag	O Abend
O Saft	O Milch	O Cola
O Regen	O Sonne	O Wind
O Schnupfen	O Verstauchung	O Bauchschmerzen
O wandern	O schwimmen	O Rad fahren
O Cabrio	O Jeep	O Motorrad
O Gebirge	O Wüste	O Meer
O chillen	O Party	O Internet
O Rentner	O Babys	O Tiere

○ schreien	○ flüstern	○ sprachlos
○ Chips	○ Schokolade	○ Gummibärchen
○ Zeitung	○ Tagesschau	○ Spiegel Online
○ Castingshow	○ Politmagazin	○ Musikkanal
○ String	○ Sportslip	○ Pants
○ zu Hause	○ unterwegs	○ Schule
○ gestern	○ heute	○ morgen
○ Schuhe	○ Tasche	○ Cap
○ aufräumen	○ abwaschen	○ kochen
○ Buch	○ Zeitschrift	○ Hörbuch
○ Fleisch	○ Gemüse	○ Nachtisch
○ Bier	○ Wein	○ Prosecco
○ Kino	○ Fernseher	○ PC
○ Stein	○ Holz	○ Ton
○ Discounter	○ Markt	○ Bio
○ Brief	○ Mail	○ Handy
○ Hund	○ Katze	○ Maus
○ Schlagzeug	○ Keyboard	○ Gitarre
○ Augen	○ Po	○ Hände
○ Jeans	○ Anzug	○ Wollpullover
○ Silber	○ Gold	○ Platin
○ Dschungel	○ Felsen	○ Unterwasserwelt
○ Stadt	○ Land	○ Bauwagen
○ blind	○ taub	○ stumm
○ Hausboot	○ Camping	○ Hotel
○ Zahndiamant	○ Piercing	○ Tattoo
○ New York	○ Südtirol	○ Bujumbura

So ist dein Tag

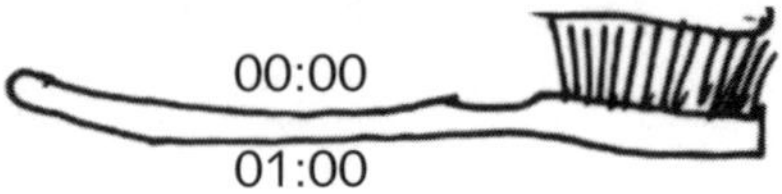

00:00

01:00

02:00

03:00

04:00

05:00

06:00

07:00

08:00

09:00

10:00

11:00

12:00

13:00

14:00

15:00

16:00

17:00

18:00

19:00

20:00

21:00

22:00

23:00

… aber so würdest du ihn lieber verbringen

00:00 . . . .

01:00 . . . .

02:00 . . . .

03:00 . . . .

04:00 . . . .

05:00 . . . .

06:00 . . . .

07:00 . . . .

08:00 . . . .

09:00 . . . .

10:00 . . . .

11:00 . . . .

12:00 . . . .

13:00 . . . .

14:00 . . . .

15:00 . . . .

16:00 . . . .

17:00 . . . .

18:00 . . . .

19:00 . . . .

20:00 . . . .

21:00 . . . .

22:00 . . . .

23:00 . . . .

Dinge, die du freiwillig

	AUF KEINEN FALL	MIT ÜBERWINDUNG, JA	IST DOCH NICHT SCHLIMM
Spinnen oder Insekten essen	○	○	○
Nachts alleine durch den Wald gehen	○	○	○
So lange Essen, bis du kotzt	○	○	○
Auf einem Bullen reiten	○	○	○
Fallschirmspringen	○	○	○
Einen Hai streicheln	○	○	○
200 km/h auf einem Motorrad fahren	○	○	○
Bei einer komplizierten OP zusehen	○	○	○
Feuerschlucker spielen	○	○	○
Mit Messern jonglieren	○	○	○
Den Mount Everest besteigen	○	○	○
Jemanden mit einer Waffe bedrohen	○	○	○

NIE tun würdest!

Was wäre denkbar und
was wird niemals stattfinden?

Mit dem Skateboard an ein Auto hängen	○	○	○
S-Bahn-Surfen	○	○	○
Jemanden aus einer wirklich gefährlichen Situation retten	○	○	○
Eine giftige Schlange um den Hals legen	○	○	○
Chemische Drogen nehmen	○	○	○
Bungee-Jumping	○	○	○
An einer Castingshow teilnehmen	○	○	○
Innereien wie Herz, Leber, Lunge essen	○	○	○
Sich eine fünfstündige Oper anhören	○	○	○
Allein durch die Welt trampen	○	○	○
Einen breiten Fluss durchschwimmen	○	○	○
Ein Tier schlachten und ausnehmen	○	○	○
Saufen, bis der Arzt kommt	○	○	○

18 Erfahrungen, die du bis zu deinem 18. Lebensjahr gemacht haben könntest

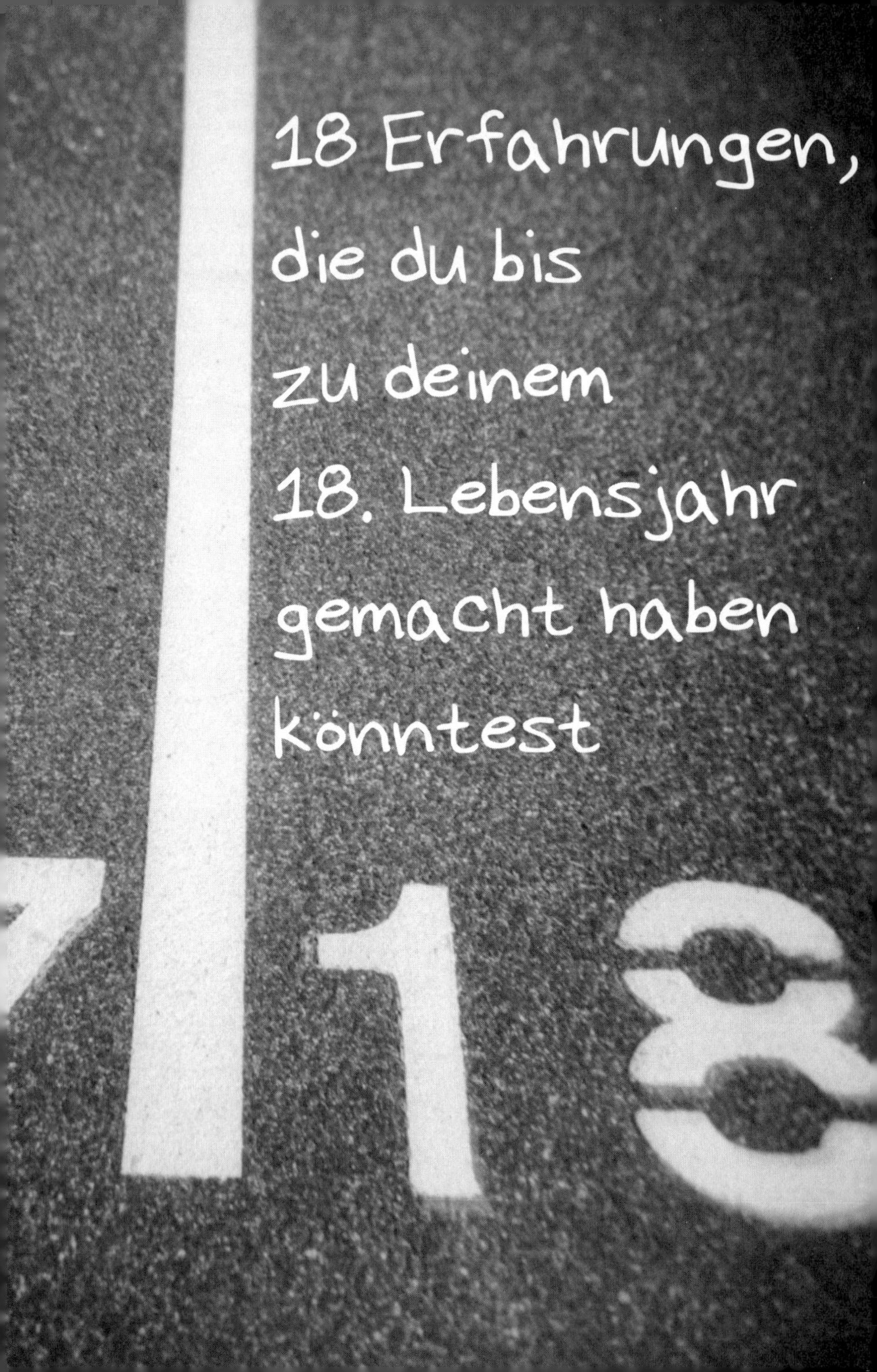

1. Den ersten richtigen Kuss bekommen, ohne vorher »Flaschendrehen« gespielt zu haben.
2. Heimlich aus der Wohnung schleichen.
3. Eine Reise ohne Eltern machen.
4. Erkennen, dass teure Markenklamotten auch nur dreckig werden.
5. Den Führerschein machen.
6. Einmal einen Preis gewinnen.
7. Trotz vieler Chatfreunde wahre Freundschaften pflegen.
8. Feiern, dass die Zahnspangenzeit vorbei ist.
9. Wissen, wer gerade Deutschland regiert.
10. Hinterfragen, was »BILD« und »Bravo« vorgeben.
11. Begreifen, dass die Beine von Heidi Klum blöd an dir aussehen würden.
12. Politische Botschaften verstehen und eine Meinung dazu bilden.
13. Nicht das Ziel, aber den ungefähren Weg nach der Schulzeit vor Augen haben.
14. Realisieren, dass die Regel zum Leben der Frauen dazugehört.
15. Die Meinung anderer akzeptieren, ohne auszurasten.
16. Überlegen, ob einen das schnelle Geld antreibt oder die Leidenschaft zur Sache.
17. Einmal auf einer Bühne vor vielen Leuten stehen.
18. Sich in einer Fremdsprache halbwegs verständlich machen können.

KREUZE AN, WELCHE ERFAHRUNGEN DU SCHON GEMACHT HAST!

Zeig allen, wie du gerade drauf bist!

Besser, deine Umwelt ist vorgewarnt, was deine Stimmungen betrifft! Bastle ein Stimmungsbarometer für die Zimmertür und hilf deiner Familie auf die Sprünge, wie deine Stimmung gerade ist. Es soll ja keiner sagen können, er wäre nicht informiert worden!

Schneide das Stimmungsbarometer und den Zeiger aus und pinne beides mit Hilfe einer Reißzwecke an deine Zimmertür. Stell den Zeiger je nach Stimmung ein!

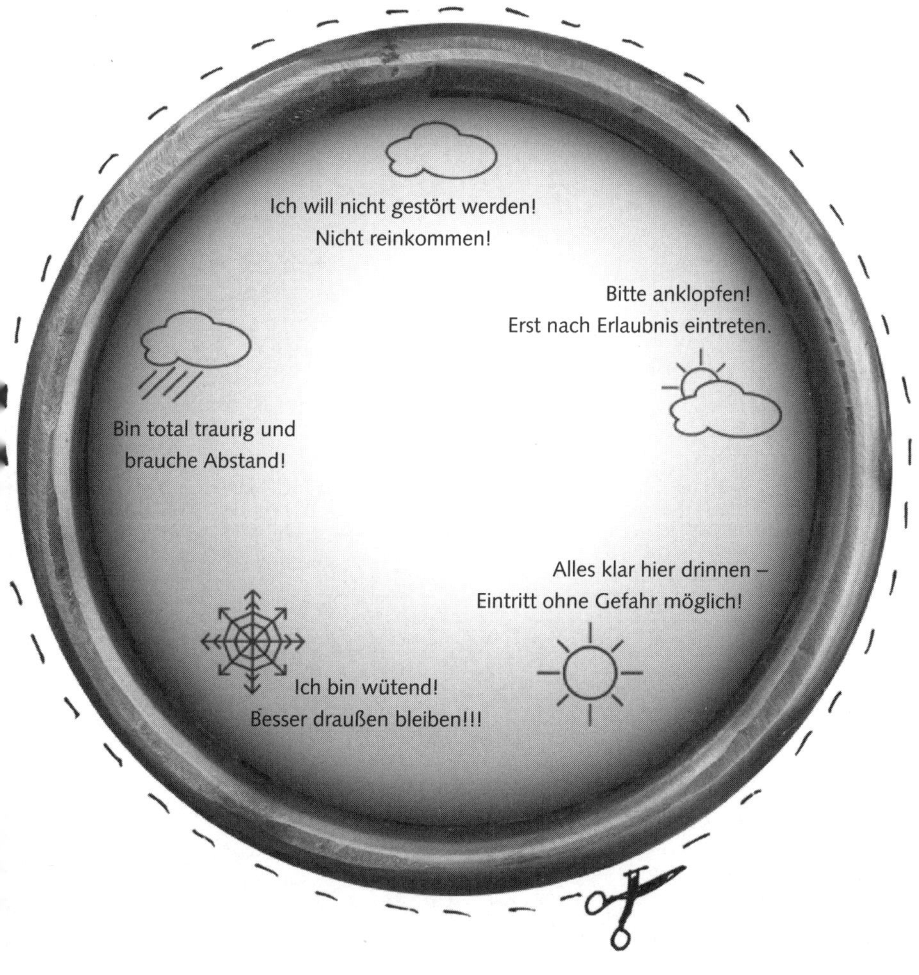
Ich will nicht gestört werden!
Nicht reinkommen!
Bitte anklopfen!
Erst nach Erlaubnis eintreten.
Bin total traurig und
brauche Abstand!
Alles klar hier drinnen –
Eintritt ohne Gefahr möglich!
Ich bin wütend!
Besser draußen bleiben!!!

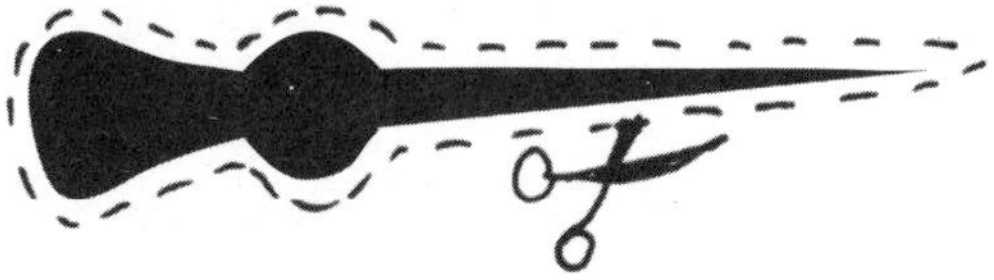

ZEIT
FÜR
MICH

Freizeit und Hobbys

Was sind deine

HOBBYS

SEIT WANN MACHST DU DAS?

Hobbys?

HAST DU ERFOLG DABEI
ODER
DAFÜR SOGAR SCHON
PREISE BEKOMMEN?

SCHLIESST DIESES HOBBY
FREUNDE VON DIR EIN?

Wie viel Freizeit

Wie viel Zeit steht dir nach der Schule und anderen Pflichten zur freien Verfügung? Zeichne die Stundenanzahl mit Hilfe von Zeigern in die Uhren ein!

hast du in der Woche?

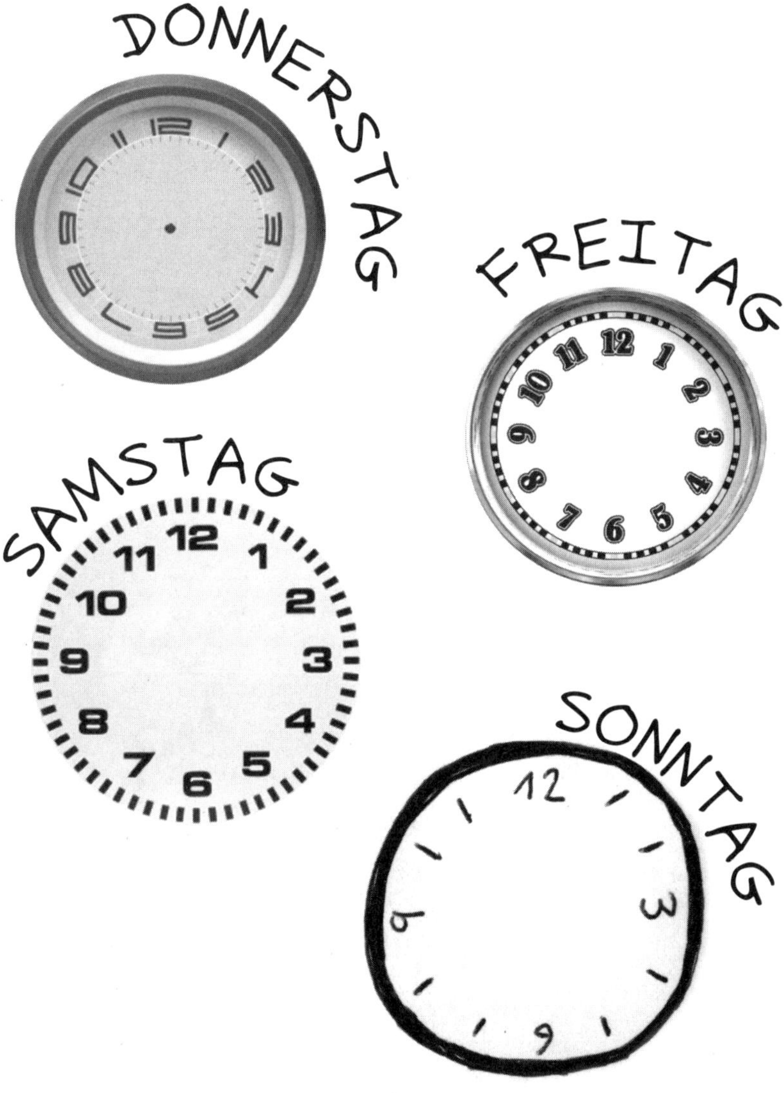

Womit beschäftigst du dich in deiner Freizeit?

- [ ] Party machen
- [ ] Chillen
- [ ] Schlafen
- [ ] Am PC sitzen
- [ ] Shoppen
- [ ] Musik hören
- [ ] Musik machen
- [ ] Sport machen
- [ ] Mit Freunden quatschen
- [ ] Reisen
- [ ] Fernsehen
- [ ] Jobben
- [ ] Lesen
- [ ] Daten
- [ ] Fotografieren
- [ ] Tanzen
- [ ] Ehrenamtlich arbeiten
- [ ] Nachhilfeunterricht geben
- [ ] Kochen
- [ ] Malen
- [ ] Handarbeiten
- [ ] Heimwerken
- [ ] An Fahrzeugen schrauben
- [ ] Ohne Ziel in der Gegend herumfahren

Am liebsten:

Schreib deine absolute Lieblingsbeschäftigung in den Ballon!

Dein Online-Netzwerk

Soziale Netzwerke	**Foto- und Videocommunities**	**Musikcommunities**
Facebook.com	Flickr.com	Jamendo.de
SchuelerVZ.net	Fotolog.com	Buzznet.com
MeinVZ.net	Youtube.com	Last.fm
StayFriends.de	MyVideo.de	MyOwnMusic.de
MySpace.com	Sevenload.com	ANDERE:
Blaabla.de	Fotocommunity.de	
Jetzt.de	ANDERE:	
Spin.de		
Twitter.com		
ANDERE:		

Welche Social Communities im Internet nutzt du als Plattform, um mit deinen Freunden zu chatten oder dich über Musik, Filme und Partys zu informieren? Unterstreiche, auf welchen Seiten du dich regelmäßig bewegst!

Ratgeber-communities	**Reisecommunities**	**Regionale Communities**
Gutefrage.net	Couchsurfing.org	Lokalisten.de
Wer-weiss-was.de	Geo-Reisecommunity.de	Kwick.de
Matheboard.de	Tiary.de	Stadtleben.de
Deine-Tierwelt.de	Globalzoo.de	Virtualnights.com
TierCommunity.com	ANDERE:	ANDERE:
Tutorials.de		
LovelyBooks.de		
Lesenswert.net		
Chefkoch.de		
ANDERE:		

Wie ehrlich bist du im Netz?

Gibst du beim Chatten korrekte Daten an oder bastelst du dir eine Identität zusammen? Hier kannst du dir drei mögliche Online-Profile ausdenken:

1

Nickname:

Alter: Wohnort:

Größe: Schule/Ausbildung/Beruf:

Gewicht: Besondere Merkmale:

Hobbys:

Ich suche:

;-)

Nickname: 2

Alter: Wohnort:

Größe: Schule/Ausbildung/Beruf:

Gewicht: Besondere Merkmale:

Hobbys:

Ich suche: ;=)

Nickname: 3

Alter: Wohnort:

Größe: Schule/Ausbildung/Beruf:

Gewicht: Besondere Merkmale:

Hobbys:

Ich suche: :=D

GLAMOURQUEEN
HIP-HOP-STYLER
SCHLABBER-T-SHIRT-LIEBHABER
TRENDSETTER
ROCKERBRAUT
MODEMUFFEL
ÖKOTEXTILIEN-ANHÄNGER
PUNK
NORMALO
ODER:
Was für ein Modetyp bist du?

Dein Outfit

Was sind deine Lieblingsklamotten?

_ _ _ _ _ _ _ _ _ _ _ _ _ _ _ _ _ _

Welches deiner Accessoires magst du besonders?

_ _ _ _ _ _ _ _ _ _ _ _ _ _ _ _ _ _

Welchen Schmuck legst du nie ab?

_ _ _ _ _ _ _ _ _ _ _ _ _ _ _ _ _ _

Was bestimmt den Kauf deiner Kleidung?

- [ ] Preislimit
- [ ] Markenbewusstsein
- [ ] Modetrend
- [ ] Dass die Klamotten meinen Freunden gefallen
- [ ] Qualität
- [ ] Leerer Kleiderschrank
- [ ] Nichts, ich shoppe immer spontan

Gibt es Vorbilder in Sachen Mode für dich?

_ _ _ _ _ _ _ _ _ _ _ _ _ _ _ _ _ _

Was sind deine Lieblingsstores?

_ _ _ _ _ _ _ _ _ _ _ _ _ _ _ _ _ _

Hast du eine bevorzugte Modemarke?

Wäschst du deine Klamotten selbst oder überlässt du das lieber deinen Eltern?

Welches ist dein Lieblingsparfum?

Welche Kosmetik benutzt du?

Auf welchen Kosmetikartikel könntest du niemals verzichten?

Wie oft duschst du?

Wie häufig wäschst du dir die Haare?

Wie lange brauchst du morgens im Bad?

Wie viel Zeit benötigst du zum Aufstylen für eine Party?

Trägst du ein Piercing und wenn ja, wo?

Hast du ein Tattoo?

Dein Traumtattoo!

Hier kannst du es einzeichnen!

In & Out

Welcher Modetrend gefällt dir **+** und was findest du total überflüssig **–**?

- [ ] Baumwoll-Unterwäsche
- [ ] Pilotenmützen
- [ ] Goldketten
- [ ] Schleifenhaarbänder
- [ ] Gegelte Jungshaare
- [ ] Plüschtierrucksäcke
- [ ] Geflochtene Zöpfe
- [ ] Gemusterte Intimrasur
- [ ] 3-Tage-Bart
- [ ] Gangsta-Style
- [ ] Filzjacken
- [ ] Dirndl
- [ ] Trekking-Hose
- [ ] Cargo-Hose
- [ ] Krawatten
- [ ] Basecap
- [ ] Fleecejacken
- [ ] Baggypants
- [ ] Ballonseidene Jogginganzüge

Schreibe je drei Modetrends auf,
die du cool oder total daneben findest!

Cool

1.

2.

3.

Total daneben

1.

2.

3.

Sport

Sind Sport und Bewegung wichtig für dich
oder ist dein Motto eher: »Sport ist Mord«?

Welche Sportarten treibst du regelmäßig?

Mit wie viel Jahren hast du angefangen zu trainieren?

Bist du Mitglied in Sportvereinen?

Hast du Preise für deine sportlichen Erfolge gewonnen?

Wer sind deine sportlichen Vorbilder?

Bist du Einzelkämpfer oder Mitglied einer Mannschaft?

Was hast du dir für sportliche Ziele gesetzt?

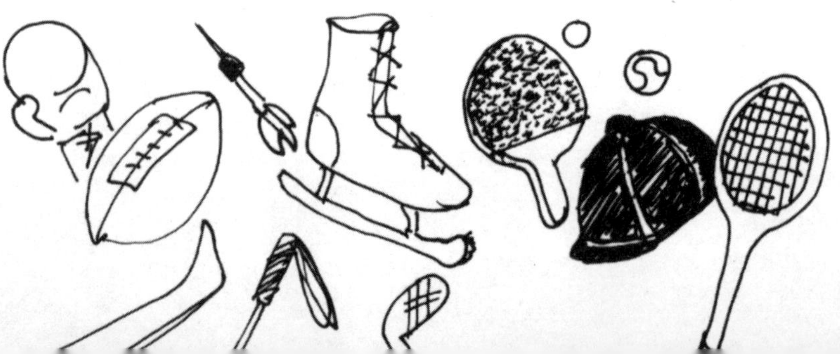

WELCHER SPORTTYP BIST DU?

Kreuze die Sportarten an, die dir am meisten Spaß bringen!

Ausdauer/Kondition

- ☐ Wandern
- ☐ Schwimmen
- ☐ Inlineskaten
- ☐ Skilanglauf
- ☐ Nordic Walking
- ☐ Joggen
- ☐ Radfahren
- ☐ Rudern/Paddeln
- ☐ Aerobic
- ☐ Ballett

Geschicklichkeit

- ☐ Dart
- ☐ Reiten
- ☐ Bogenschießen
- ☐ Billard

Schnelligkeit

- ☐ Laufsprints
- ☐ Radrennen
- ☐ Eisschnelllauf
- ☐ American Football

Kampfsportarten

- ☐ Boxen
- ☐ Judo
- ☐ Karate
- ☐ Fechten
- ☐ Taekwondo
- ☐ Kendo
- ☐ Tae-Bo
- ☐ Kickboxen

Kraft

- ☐ Gewichtheben
- ☐ Kugelstoßen
- ☐ Bodybuilding
- ☐ Kraftdreikampf
- ☐ Armdrücken
- ☐ Fingerhakeln

Ballsport

- ☐ Fußball
- ☐ Handball
- ☐ Basketball
- ☐ Tennis
- ☐ Tischtennis
- ☐ Badminton

Top oder Flop?

Was findest du cool ↑ und was geht gar nicht ↓ ?

Mottopartys

Jungs in Tigertangas

Mädchen in Vollschminke

Kosmetik für Jungs

Cowboystiefel

Klassische Musik

Sonnenstudio

Arschgeweih

Ballermann

Hello Kitty

Bella & Edward

Kondome

Atzen

Sex ohne Liebe

Castingshows

Zusammen aufs Klo gehen

Fußballgespräche

Frauenfußball

Heulbojen

Politikinteressierte

Bauchfrei anziehen

»Sex and the City«

Magerwahn

Alkopops

One-Night-Stands

Dr. Sommer

Handysticker

Diddl-Maus

Ballerspiele

Jeggins

Schlussmachen per SMS

Leo-Print

Fast Food

Mini-Hunde

Wenn Langeweile droht

Versuche herauszufinden, warum dir langweilig ist, und entwickle eine Strategie, wie du das »große schwarze Loch« bekämpfen kannst! Langeweile hat verschiedene Gründe:

- allumfassende Unzufriedenheit
- Unentschlossenheit, mit welcher Aufgabe man anfangen soll
- Ratlosigkeit, wie das Ziel erreicht werden kann
- generell null Bock

Langeweile-Killer:

- Häng alte Poster und Bilder ab und such dir neue aus.
- Räum dein Zimmer um.
- Stelle eine CD mit deiner Lieblingsmusik zusammen oder lade neue Musik auf deinen MP3-Player.
- Bring deine Profile auf SchülerVZ, Facebook & Co. auf Vordermann.
- Bastle ein Fotoalbum für deine Freunde oder Familie.
- Recherchiere ein Event, auf das du Lust hast, und versuche dafür Karten zu ergattern.
- Ruf jemanden an, den du länger nicht gesprochen hast.
- Plane einen Wochenendtrip oder eine Party mit deinen Freunden.

Schreibe hier auf, was du schon immer mal machen wolltest. Dann bist du vorbereitet, wenn dir das nächste Mal die Decke auf den Kopf fällt:

o
s
w

Schrecklich schöne Erinnerungen

Wer-Wie-Wo-

Vor welchem Ungeheuer hattest du als Kind am meisten Angst?

Was war dein Lieblingskuscheltier?

Was war dein Lieblingsbuch, dein Lieblingsfilm?

Welche Figur aus Büchern oder Filmen hast du geliebt oder wärst du gerne gewesen?

Womit hast du am liebsten gespielt?

Wer waren früher deine besten Kumpel?

1.

2.

3.

4.

5.

Was-Wann-Wieso?

Welche Schulen hast du besucht?

1.

2.

3.

4.

5.

Wer hat seit der 1. Klasse neben dir gesessen?

1.

2.

3.

4.

5.

Wann hast du entdeckt, dass es den Osterhasen und den Weihnachtsmann nicht gibt?

Wann hast du Radfahren und Schwimmen gelernt?

Hast du schwere Krankheiten oder Unfälle gehabt?

Wie oft und wann bist du mit deiner Familie umgezogen?

Was war dein schönster Traum?

Was war dein schlimmster Traum?

Kannst du dein schönstes Erlebnis benennen? Was war es?

Hattest du schon mal einen richtig üblen Ausraster?

Welches Erlebnis würdest du gerne rückgängig machen?

Wann warst du einmal richtig mutig?

Und warst du schon mal so richtig feige?

Für welches Erlebnis schämst du dich?

Auf welche Tat kannst du stolz sein?

Musstest du dich schon mal extrem fremdschämen?

Was ist dir

Notiere deinen peinlichsten Moment und bewerte den Peinlichkeitsgrad!

Furzen in der Öffentlichkeit

Jemanden ansprechen, der einen abblitzen lässt

Kaputter Reißverschluss und nichts davon mitbekommen

Zu viel Alkohol mit anschließendem Übergeben in der Öffentlichkeit

Lippenstift oder Essensreste an den Zähnen haben und keiner sagt einen Ton

Beim Abschreiben erwischt werden

Im vollen Bus beim Schwarzfahren erwischt werden

Ein Liebesbrief von dir wird laut vorgelesen

Die Eltern versehentlich beim Sex erwischen

Taubenschiss auf dem Outfit

Kondomekauf im supervollen Laden

Aufklärungsgespräche, obwohl man bestens informiert ist

wirklich peinlich?

SCHON ERLEBT?	PEINLICHKEITSGRAD		
Ja/Nein	Geht so	Furchtbar	Schlimmer geht's nicht!

Erste Male

Wann hast du den ersten Zahn bekommen?

Wann hast du deinen ersten Schritt gemacht?

Was war dein erstes Wort?

Mit wie viel Jahren hast du das erste Mal allein woanders übernachtet?

Wann warst du das erste Mal im Ausland? Wo?

Wann bist du das erste Mal geflogen? Wohin?

Wann warst du das erste Mal im Krankenhaus? Warum?

Wann hast du dich das erste Mal geschminkt?

Wann hast du dich das erste Mal geprügelt? Mit wem?

Wann warst du das erste Mal verliebt? In wen?

Wann war dein erster Kuss? Wen hast du geküsst?

Wann hattest du dein erstes Date? Mit wem?

Wann war dein erster Sex? Mit wem?

Wann hattest du deinen ersten Orgasmus?

Was war dein erstes Konzert? Welche Band hat gespielt?

Wann war deine erste Party, auf die du gegangen bist?

Wie alt warst du, als du deine erste Nacht durchgemacht hast?

Wann hast du das erste Mal die Schule geschwänzt?

Wann warst du das erste Mal betrunken?

Wann hast du das erste Mal geraucht?

Wann hast du dir deine erste eigene CD gekauft? Welche?

Die Top 10 deines Lebens

Hier kannst du deine ganz persönliche Chartlist der »Winner & Loser« zusammenstellen! Welche Dinge magst du besonders und welche kannst du nicht ausstehen?

SONGS

	Top	Flop
1.		
2.		
3.		
4.		
5.		
6.		
7.		
8.		
9.		
10.		

	Top	Flop
1.		
2.		
3.		
4.		
5.		
6.		
7.		
8.		
9.		
10.		

POPSTARS

	Top	Flop
1.		
2.		
3.		
4.		
5.		
6.		
7.		
8.		
9.		
10.		

ORTE

KINOFILME

	Top	Flop
1.		
2.		
3.		
4.		
5.		
6.		
7.		
8.		
9.		
10.		

SCHAUSPIELER

	Top	Flop
1.		
2.		
3.		
4.		
5.		
6.		
7.		
8.		
9.		
10.		

FERNSEHSERIEN

	Top	Flop
1.		
2.		
3.		
4.		
5.		
6.		
7.		
8.		
9.		
10.		

SCHULFÄCHER

	Top	Flop
1.		
2.		
3.		
4.		
5.		
6.		
7.		
8.		
9.		
10.		

BÜCHER

	Top	Flop
1.		
2.		
3.		
4.		
5.		
6.		
7.		
8.		
9.		
10.		

GESCHENKE

	Top	Flop
1.		
2.		
3.		
4.		
5.		
6.		
7.		
8.		
9.		
10.		

ESSEN

	Top	Flop
1.		
2.		
3.		
4.		
5.		
6.		
7.		
8.		
9.		
10.		

GETRÄNKE

	Top	Flop
1.		
2.		
3.		
4.		
5.		
6.		
7.		
8.		
9.		
10.		

D
a
s
m
ach
t
m
i
ch
an!

Liebe, Sex und mehr

Kleine Liebesbilanz

WARST DU SCHON MAL VERLIEBT?

IN WEN?	Wann war das?	Feste Beziehung oder unerreichbarer Schwarm?	Wer hat Schluss gemacht?	Habt ihr noch Kontakt?

Was bedeutet »Liebe« für dich?

Wie alt warst du, als du dich das erste Mal verliebt hast?

Schnelltest

BIST DU GERADE VERLIEBT?

1. Bist du total abwesend und gleichzeitig aufgekratzt?
2. Wirst du schnell rot und willst dich am liebsten verstecken, wenn du ihm/ihr begegnest?
3. Kritzelst du überall seinen/ihren Namen hin?
4. Stylst du dich mehr auf als sonst?
5. Gibt es eigentlich nur das eine Thema für dich?

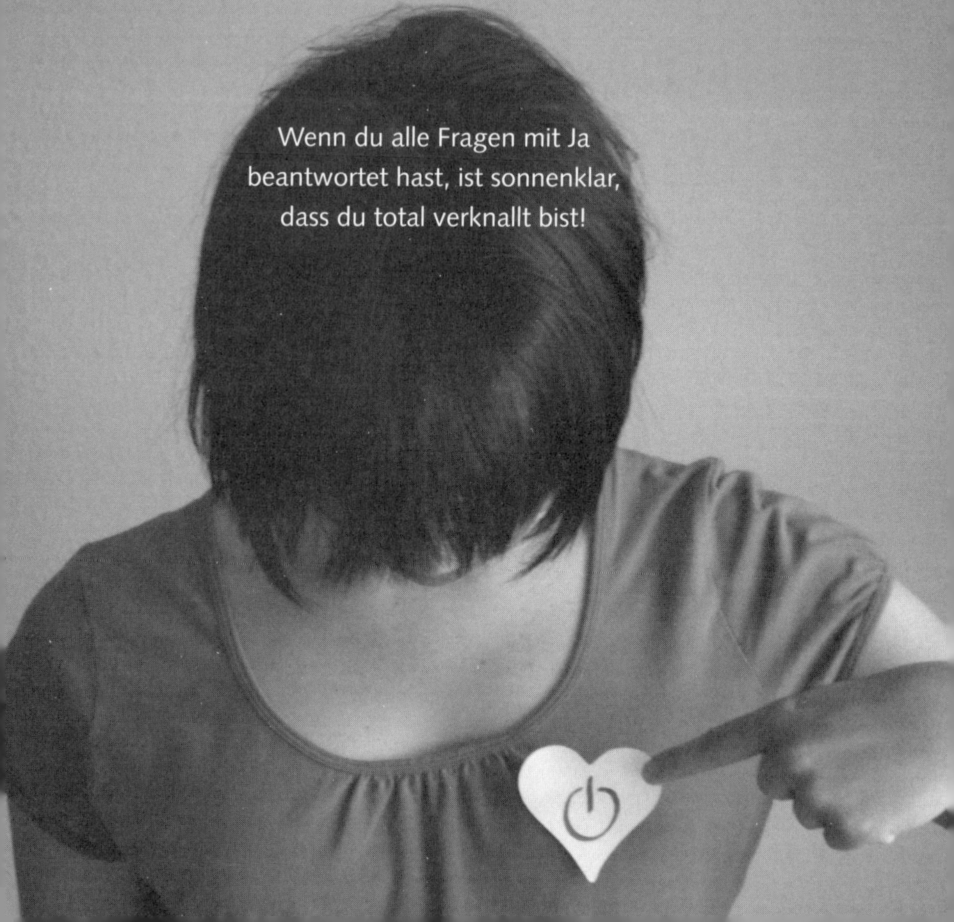

Wenn du alle Fragen mit Ja beantwortet hast, ist sonnenklar, dass du total verknallt bist!

Das ist dein Schwarm

Er/sie heißt:

Daher kennt ihr euch:

War es Liebe auf den ersten Blick?

♡ Ja ♡ Nein

Das gefällt dir am besten an ihm/ihr:

Diese Leute wissen von deinen Gefühlen:

Weiß er/sie von deinen Gefühlen?

♡ Ja ♡ Nein ♡ Wenn ich das wüsste

Wirst du von ihm/ihr wahrgenommen?

♡ Ja ♡ Nein

Ist er/sie gebunden?

♡ Ja ♡ Nein

Habt ihr häufiger Augenkontakt?

♡ Ja ♡ Nein

Hat er/sie schon mal nach dir gefragt?

♡ Ja ♡ Nein

Habt ihr schon mal etwas Schönes zusammen erlebt? Was?

Was würdest du deinem Schwarm gerne sagen?

Die besten Anmachsprüche

Cool und ehrlich

Du riechst gut …

Du fällst sofort auf!

Ich mag deinen Style!

Ich fand gut, was du gesagt hast!

Ich habe ein Problem. Kannst du mir bei … helfen?

Wie hast du das gemacht? Zeigst du mir das noch mal?

Du hast etwas Besonderes an dir!

Du siehst einfach toll aus!

Du hast Charakter!

Die schlimmsten Flirtsprüche

Autsch, die sind peinlich

Du bist so hübsch wie meine Ex.

Du bist der Stern in meiner Nudelsuppe …

Du bist direkt vom Himmel in meine Arme gefallen!

Draußen muss es dunkel sein, denn die Sonne scheint hier!

Das Leben ist ein Puzzle und du bist das Stück, das mir fehlt.

Ich würde gerne deine Jeans kaufen – aber nur mit Inhalt!

Deine Suche ist zu Ende. Hier bin ich!

Du siehst aus wie meine Mutter.

Bist du öfter hier?

Endlich zusammen!

Wer hat den Anfang gemacht?

Wie sind seine/ihre Küsse?

Habt ihr Kosenamen füreinander? Welche?

Was sind die drei tollsten Eigenschaften an ihm/ihr?

Was gefällt dir nicht so?

Was war das Verrückteste, was ihr zusammen erlebt habt?

Habt ihr euch schon mal (heftig) gestritten und wenn ja, warum?

Ist eure Beziehung offiziell?

○ Ja ○ Nein

Wenn sie noch geheim ist, wer weiß alles davon?

Warum könnt ihr euch nicht zueinander bekennen?

Für Jungs

FINDE HERAUS, AUF WELCHEN TYP MÄDCHEN DU STEHST!

Auswertung auf Seite 112

1. Welchen Stil magst du an Mädchen?

a. Sportlich-lässig mit Jeans, Kapuzenshirt und Basecap
b. Glamour-Look mit Minirock, Highheels und Glitzerhaarreif
c. Romantisch im Westernlook mit Cowboyhut

2. Welche Frisur findest du an Mädchen gut?

a. Verspielte Zöpfe
b. Lange, offene Haare
c. Frecher Kurzhaarschnitt

3. Wie sollte sich ein Mädchen in der Disco benehmen?

a. Richtig Party machen
b. Eher schüchtern zurückhaltend sein
c. Am besten, sie spricht mich an

4. Wie sollte euer erstes Date aussehen?

a. Ihr verabredet euch zum Skaten
b. Ihr hängt irgendwo ab und redet über Gott und die Welt
c. Ihr geht ins Kino

5. Welchen Kosenamen würdest du deinem Traummädchen geben?

a. Hase
b. Babe
c. Sternchen

6. Welchen Film schaut ihr euch zusammen an?

a. »Ice Age«
b. »Prince of Persia«
c. »Twilight Saga«

7. Welche Musik legst du für sie auf?

a. Lena
b. Miley Cyrus
c. 50 Cent

8. Was ist dir am wichtigsten an einem Mädchen?

a. Ihr Aussehen
b. Ihre Hobbys
c. Es muss alles passen

Für Mädchen

WER IST DEIN TRAUMTYP?

Auswertung auf Seite 112

1. Welchen Style trägt dein Traumtyp?

a. Jeans und T-Shirt

b. Anzug und Krawatte

c. Gangsta-Style

2. Welchen Haarlook sollte er tragen?

a. Natürlich verwuschelt

b. Lang gegelt oder zum Zopf

c. Raspelkurz

3. Auf welche Anmache springst du in der Disco an?

a. Wenn er dir schmachtende Blicke zuwirft

b. Wenn er dich unerwartet auf die Tanzfläche zieht

c. Wenn er dich anspricht und ihr erst mal eine Runde quatscht

4. Wie stellst du dir das erste Date mit ihm vor?

a. Er lädt dich ganz traditionell zum Eisessen ein

b. Du gehst mit ihm und seinen Freunden was trinken

c. Ihr geht zusammen ins Schwimmbad

5. In welchen Film sollte er dich einladen?

a. »Mit dir an meiner Seite«

b. »Avatar«

c. »Fluch der Karibik«

6. Wie würdest du ihn nennen, wenn ihr zusammen seid?

a. Schnucki

b. Mr. Big

c. Beim Vornamen natürlich – Kosenamen sind blöd

7. Welche Musik sollte er mögen?

a. Silbermond

b. Rihanna

c. Sido

8. Was ist dir am wichtigsten an einem Jungen?

a. Wie er mit dir umgeht

b. Seine Coolness

c. Sein Aussehen

Auswertung

Addiere die Punktezahl deiner Antworten

Jungs

1a = 2	4a = 5	7a = 5
1b = 5	4b = 3	7b = 3
1c = 3	4c = 2	7c = 2
2a = 3	5a = 5	8a = 5
2b = 5	5b = 2	8b = 2
2c = 2	5c = 3	8c = 3
3a = 5	6a = 2	
3b = 3	6b = 3	
3c = 2	6c = 5	

16–20 Punkte

Zu dir passt ein sportlich-lässiges Mädchen ohne Zickenallüren.

21–30 Punkte

Du magst gern romantisch-verspielte Girls, die nicht immer im Mittelpunkt stehen müssen.

31–40 Punkte

Du stehst voll auf Glamour-Queens, die wissen, was sie wollen.

Mädchen

1a = 5	4a = 3	7a = 3
1b = 3	4b = 2	7b = 5
1c = 2	4c = 5	7c = 2
2a = 3	5a = 3	8a = 5
2b = 5	5b = 5	8b = 2
2c = 2	5c = 2	8c = 3
3a = 3	6a = 3	
3b = 2	6b = 2	
3c = 5	6c = 5	

16–20 Punkte

Du stehst auf coole Machotypen – solche, die sagen, wo es langgeht!

21–30 Punkte

Du magst eher zurückhaltende Jungs, die es nicht nötig haben, auf Macker zu machen.

31–40 Punkte

Du bist hin und weg vom lässig-coolen Sportfreak.

Deine Kontaktanzeige

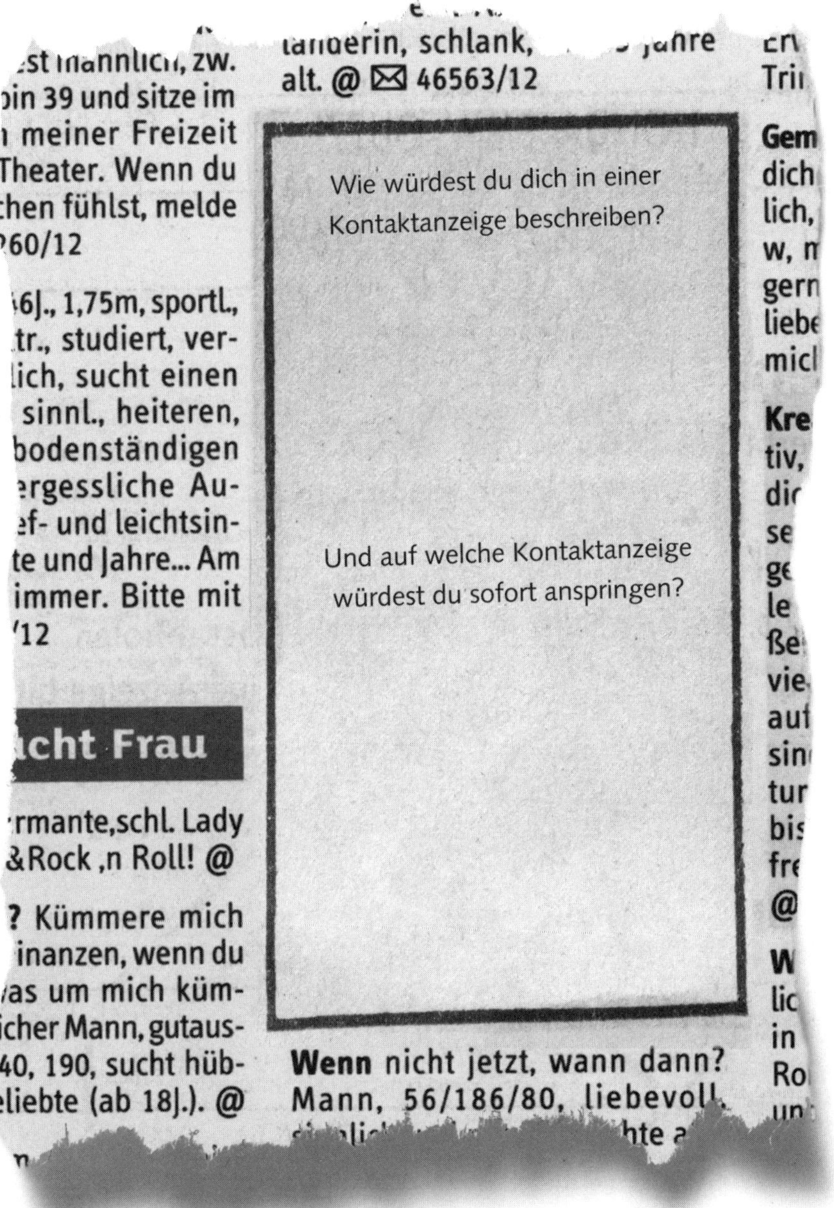

st männlich, zw.
bin 39 und sitze im
n meiner Freizeit
Theater. Wenn du
chen fühlst, melde
260/12

6J., 1,75m, sportl.,
tr., studiert, ver-
lich, sucht einen
sinnl., heiteren,
bodenständigen
ergessliche Au-
ef- und leichtsin-
te und Jahre... Am
immer. Bitte mit
/12

ucht Frau

rmante,schl. Lady
&Rock ,n Roll! @

? Kümmere mich
inanzen, wenn du
vas um mich küm-
icher Mann, gutaus-
40, 190, sucht hüb-
eliebte (ab 18J.). @

landerin, schlank, Jahre
alt. @ ✉ 46563/12

Wie würdest du dich in einer Kontaktanzeige beschreiben?

Und auf welche Kontaktanzeige würdest du sofort anspringen?

Wenn nicht jetzt, wann dann?
Mann, 56/186/80, liebevoll,

Check-up

Auf was achtest du zuerst, wenn dir ein Junge gefällt?

☐ Frisur ☐ Gesicht ☐ Füße ☐ Hände

☐ Augen ☐ Po ☐ Beine ☐ ____________________

Welcher Junge kommt deinen Vorstellungen eines Traumtyps am nächsten?

Was muss dir bei einem Mädchen auf den ersten Blick gefallen?

- [ ] Augen
- [ ] Haare
- [ ] Busen
- [ ] Po
- [ ] Beine
- [ ] Augen
- [ ] ______________

Welches Mädchen kommt deinen Vorstellungen einer Traumfrau am nächsten?

Coole Geschenke,

Über welche Aufmerksamkeiten und Geschenke würdest du dich freuen?

- ☐ Blumen
- ☐ Kinokarten
- ☐ Konzerttickets
- ☐ Liebesgedicht
- ☐ Candle-Light-Dinner
- ☐ Schmuck
- ☐ CD mit persönlich zusammengestellten Songs
- ☐ ______________

Welche SMS oder Mail wirst du nie löschen?

die von Herzen kommen

Welche Geschenke findest du peinlich?

Welche Liebeserklärung findest du am schönsten?

Liebeskummer

Hattest du schon mal Liebeskummer und wenn ja, wegen wem?

_ _ _ _ _ _ _ _ _ _ _ _ _

Was machst du, wenn du Liebeskummer hast?

- O Ins Bett gehen und heulen
- O Mit einer Freundin/einem Freund reden
- O Mich meinen Eltern anvertrauen
- O Mir einen Rachefeldzug ausdenken
- O Shoppen gehen
- O Sport treiben
- O Musik hören
- O Mich mit einem anderen/einer anderen trösten

Wie reagierst du, wenn dein Freund/deine Freundin fremdgeht?

- O Du trennst dich sofort
- O Du willst das gar nicht wissen
- O Es ist dir egal, denn einmal ist keinmal
- O Du verzeihst den Seitensprung, denn du willst ihn/sie nicht verlieren
- O Du rächst dich, indem du auch fremdgehst

Bist du selbst schon mal fremdgegangen
und wenn ja, mit wem?

_ _ _ _ _ _ _ _ _ _ _ _

Wann beginnt bei dir das Fremdgehen?

O Simsen O Daten O Knutschen O Fummeln O Sex

Hast du schon mal jemandem in Liebesdingen richtig wehgetan und wie?

_ _ _ _ _ _ _ _ _ _ _

Warst du schon mal in zwei Menschen gleichzeitig verliebt und konntest dich nicht entscheiden? Was ist passiert und wie hast du die Situation gelöst?

_ _ _ _ _ _ _ _ _ _ _

Dein Freund/deine Freundin steht nicht zu dir in der Öffentlichkeit. Wie reagierst du?

_ _ _ _ _ _ _ _

Warst du schon mal in jemanden verliebt, der deine Gefühle nicht erwidert hat?

_ _ _ _ _ _ _ _ _ _ _ _

Zehn Songs

FÜR DEN ULTIMATIVEN HERZSCHMERZ

1. Toni Braxton: »Unbreak my Heart«
2. Mariah Carey: »Without You«
3. Xavier Naidoo: »Wo gehst du hin«
4. Delta Goodrem: »Lost Without You«
5. James Blunt: »Goodbye my Lover«
6. U2: »One«
7. Jan Delay: »Hoffnung«
8.
9.
10.

Liebe(s)leben

Was hältst du von einer Fernbeziehung?

Hat Liebe im Internet eine Chance?

☐ Ja ☐ Nein

Beeinflusst die Meinung deiner Eltern und Freunde dein Liebesleben?

☐ Ja ☐ Nein

Wie hat sich dein Leben durch die Liebe verändert?

Könntest du dir vorstellen, mal mit jemandem zusammenzuleben, den du gar nicht richtig liebst, der dir aber ein angenehmes Leben garantiert?

☐ Ja ☐ Nein

Was muss passieren, damit du dich trennst?

Was machst du, wenn du unsterblich in jemanden verliebt bist, der aber nur Sex mit dir will?

Sex –

NOCH KEIN THEMA ODER SCHON REALITÄT?

Möchtest du bald dein »erstes Mal« erleben?

___ In nächster Zeit nicht
___ Ich stehe kurz davor
___ Petting ja, Sex nein
___ Kein Sex vor der Ehe
___ Keine Ahnung, darüber denke ich noch nicht nach
___ Dafür fühle ich mich zu jung
___ Ich möchte gern, habe aber keinen festen Partner
___ Ich lasse mir Zeit, bis ich ganz sicher bin, und setze mich nicht unter Druck

Wie alt sollte man deiner Meinung nach beim ersten Mal sein?

____

Du hast einen Freund/eine Freundin, der/die unbedingt mit dir schlafen möchte, aber du bist noch nicht so weit. Was machst du?

____

Du planst das erste Mal mit deinem Freund/deiner Freundin. Wie malst du dir deinen ersten Sex aus?

____

____

Aufgeklärt und abgeklärt?

FÜHLST DU DICH GUT AUFGEKLÄRT?

Wer hat dich aufgeklärt?

— Meine Eltern
— Meine Geschwister
— Mein Lehrer
— Meine Freunde
— Bücher und Zeitschriften

Mit wem hattest du das erste Mal Sex?

___

Wie alt warst du beim ersten Mal?

___

Wie alt war er/sie?

___

Warst du

— fest gebunden oder war
— es ein One-Night-Stand?

War das erste Mal geplant?

___

Womit habt ihr verhütet?

___

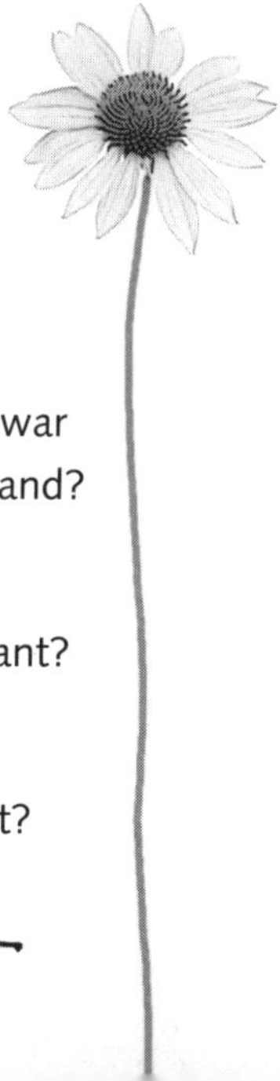

Wer hat die Verhütungsmittel besorgt?

___

Wie war dein erstes Mal?

— Aufregend
— Mittelmäßig
— Langweilig
— Schnell vorbei
— Romantisch
— Abturnend
— Liebevoll
— Unangenehm

Wo fand dein erster Sex statt?

— In einem unserer Betten
— Im Schlafzimmer
— der Eltern
— Im Wald
— Im Auto
— In der Schule
— Am Strand
— Woanders: ___

Die nächsten Male

Wie viele Sexpartner hattest du schon und wer war das?

Was verbindest du mit Sex?

___ Vertrauen
___ Abenteuer
___ Lust
___ Erfahrung
___ Anerkennung bei Freunden
___ Sex ist eine Selbstverständlichkeit
___ Je mehr Erfahrungen ich sammeln kann, desto besser
___ Sex ohne Liebe geht nicht
___ Kein Sex vor der Ehe

An welchen Orten hattest du schon Sex?

Wo würdest du gern einmal Sex haben?

Was war dein aufregendstes Sexerlebnis?

Hast du schon mal negative Erfahrungen beim Sex gemacht?

Welche Verhütungsmittel benutzt du?

Hattest du schon mal unverhüteten Sex?

☐ Nein ☐ Ja

Hatte das Folgen? Welche?

Mit wem redest du über Sex?

Sagst du offen, was dir beim Sex gefällt?

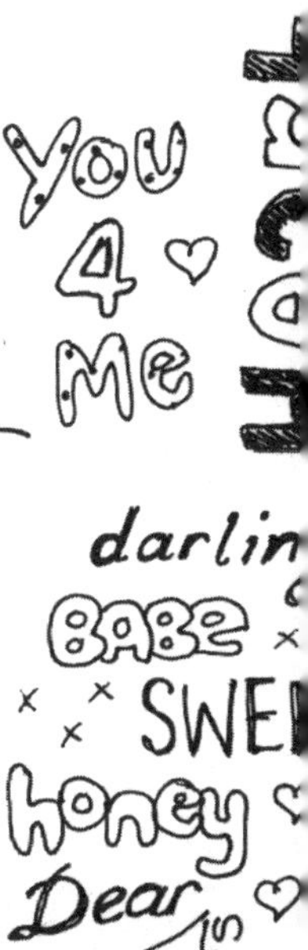

Ich l(i)ebe anders!

Stehst du auf gleichgeschlechtliche Partner?

☐ Ja ☐ Nein

Hast du damit Probleme?

☐ Nein

☐ Ja, und zwar

☐ mit mir selbst ☐ mit meiner Familie

☐ mit meinen Freunden ☐ mit der Öffentlichkeit

Hast du dich schon geoutet?

☐ Ja ☐ Nein

Wer weiß alles davon?

____

Woran hast du gemerkt, dass du homosexuell bist?

____

Hast du schon mal jemanden geküsst?

☐ Ja ☐ Nein

Hattest du schon Sex?

☐ Ja ☐ Nein

Hattest du vorher Beziehungen zum anderen Geschlecht?

☐ Ja ☐ Nein

Hast du einen festen Freund/eine feste Freundin?

☐ Ja ☐ Nein

Kleiner Sex-Test

Auswertung auf Seite 130

1. Was ist ein Orgasmus?

a. Ein Verhütungsmittel
b. Der Höhepunkt beim Sex
c. Das Lustorgan

2. Was ist am wichtigsten beim Sex?

a. Dass man gut dabei aussieht
b. Dass man sportliche Bewegung macht
c. Dass es sich für beide gut anfühlt

3. Was ist ein »Quickie«?

a. Eine Haustierart aus den Anden
b. Schneller Sex ohne großes Vorspiel
c. Ein 5-Euro-Schein

4. Was ist ein Dildo?

a. Ein Sexspielzeug
b. Ein Kosewort für den Mann
c. Die Abkürzung für »Die innige Liebe darf ohne«, also die Aufforderung zu Sex ohne Kondom

5. Was ist ein »One-Night-Stand«?

a. Eine Sexstellung im Stehen
b. Einmaliger Sex ohne Verpflichtung
c. Die einzige Nacht im Jahr, in der man auch ohne Verhütung nicht schwanger wird

6. Wie sollte ein Mädchen reagieren, wenn der Penis des Jungen beim Sex nicht steif wird?

a. Sie sollte ihn auslachen
b. Sie sollte peinlich berührt sein
c. Sie sollte Verständnis haben und beide es ein anderes Mal wieder probieren

7. Woran merkt man, dass ein Junge kommt?

a. Daran, dass er besonders lustvoll stöhnt
b. Daran, dass er einen Samenerguss hat
c. Daran, dass er aufspringt und ins Bad rennt

8. Was ist Masturbation?

a. Eine Schweinemastanlage in Ostfriesland
b. Ein Komet im Sonnensystem
c. Selbstbefriedigung

9. Was muss man beim Kauf eines Kondoms beachten?

a. Die Geschmacksrichtung und die Farbe
b. Die Größe und die Markenfirma
c. Die Größe, das Haltbarkeitsdatum und das Qualitätssiegel

10. Wenn du als Junge deine Freundin glücklich machen willst, dann ...

a. ... frag sie, wie sie sich den Sex vorstellt
b. ... bring einen 500-Seiten-Sexualratgeber mit
c. ... zeig ihr erst mal, was du draufhast

RICHTIGE ANTWORTEN

1b; 2c; 3b; 4a; 5b; 6c; 7b; 8c; 9c; 10a

AUSWERTUNG:

9–10 richtige Antworten

Du hast eine Menge Ahnung. Das ist eine sehr gute Voraussetzung für schönen und sicheren Sex.

6–8 richtige Antworten

Du weißt viel, könntest aber noch ein paar gute Tipps gebrauchen.

3–5 richtige Antworten

Bei dir gibt's noch viele offene Fragen. Wenn du schon Sex hast, dann informier dich trotzdem noch ein bisschen.

0–2 richtige Antworten

Vielleicht ist es noch nicht so weit bei dir. Mach dir keinen Stress!

In Ordnung oder unmöglich?

Du entscheidest, was ein Go oder No Go ist!

Mal einfach den passenden Smiley neben die Aussagen:

Liebesbriefe schreiben

Fotos vom Ex im Internet posten

Mit Expartnern angeben

Zum Date eine Freundin/einen Freund mitbringen

Mit Sexerfahrungen prahlen

Alles bis zum Exzess ausdiskutieren

Immer wissen wollen, wo er/sie ist

Heimlich ins Handy des Partners schauen

Fremde Mails lesen

Ihn/sie nach dem eigenen Geschmack umstylen

Jemanden zappeln lassen, um sich interessant zu machen

Songs komponieren

Sextipps lesen

Sich Hoffnungen auf jemand Älteren machen

Den Partner eifersüchtig machen

Engelchen
und
Teufelchen

Gewissensfragen

So oder

○ Nimmst du es mit der Wahrheit genau ode

○ Bist du pünktlich ode

○ Willst du immer im Mittelpunkt stehen ode

○ Gehst du auf Probleme geradeaus zu ode

○ Zeigst du offen deinen Ärger ode

○ Ist dir Besitz wichtig ode

○ Bist du nur fröhlich bei gutem Wetter ode

○ Engagierst du dich für Gerechtigkeit ode

○ Bekommst du mehr Aufmerksamkeit im Glück ode

○ Bewältigst du schwierige Aufgaben lieber allein ode

○ Bist du anderen Kulturen gegenüber gleichgültig ode

○ Bist du ein Glücksspieler ode

○ Suchst du die Gefahr und musst alles Unbekannte ausprobieren ode

so?

schummelst du manchmal mit kleinen Notlügen? ○

findest du Zuspätkommen nicht schlimm? ○

kannst du auch mal die zweite Geige spielen? ○

nimmst du lieber Umwege in Kauf? ○

verbirgst du deine Stimmung hinter einer Maske? ○

fühlst du dich freier ohne Reichtümer? ○

kannst du auch wetterunabhängig gut drauf sein? ○

mischst du dich nicht so gerne ein? ○

im Unglück? ○

arbeitest du gerne im Team? ○

bist du neugierig auf sie? ○

gehst du lieber auf Nummer sicher? ○

lassen dich solche Reize kalt? ○

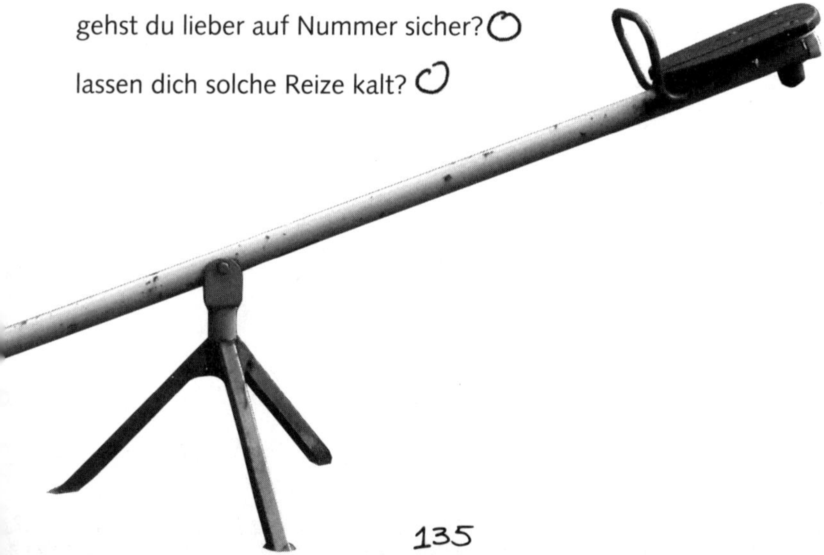

Fragen zwischen

Gibt es für dich ein Leben nach dem Tod?

Wie stellst du dir Gott vor?

Kannst du andere Religionen neben deiner akzeptieren?

Kannst du dir eine Beziehung zwischen Andersgläubigen vorstellen?

Sollten katholische Priester offen eine sexuelle Beziehung führen dürfen?

Informierst du dich regelmäßig über politische Themen oder ist das komplett uninteressant für dich?

Weißt du, wer und welche Partei Deutschland regiert?

Gehst du wählen, wenn du 18 bist?

Himmel und Erde

Möchtest du später politische Verantwortung übernehmen und Mitglied einer Partei werden?

Nenne drei Dinge, die du als Politiker sofort in Deutschland ändern würdest:

1.

2.

3.

Was hältst du davon, dass Frauen oft weniger verdienen als Männer?

Wer sollte nach deiner Meinung für die Kindererziehung zuständig sein?

Wer sollte in der Schule mehr gefördert werden: Mädchen oder Jungen?

Möchtest du später als Mann bei der Geburt deines Kindes dabei sein?

Um wen sollte man sich mehr kümmern, um alte Menschen oder Kinder?

Wie reagierst du auf fremdenfeindliche Parolen?

Bist du schon mal die Fragen eines Einbürgerungstests durchgegangen? Wie hast du dabei abgeschnitten?

Beeinflusst das Wissen von Umweltzerstörung dein Leben? Wenn ja, wie?

Gibt es Dinge, auf die du der Umwelt zuliebe verzichten könntest?

Ist unerlaubtes Downloaden von Daten für dich eine Straftat oder eine belanglose Ordnungswidrigkeit?

Schadet man jemandem, wenn man in einem großen Warenhaus klaut?

Sollte man in Deutschland Waffen einfach im Discounter kaufen dürfen?

Findest du es richtig, dass die Todesstrafe in Deutschland verboten ist?

Wie ist deine Meinung zum Passivrauchen?

Warst du schon mal Mobbingopfer oder hast selbst jemanden schikaniert?

Was hältst du von Appetitzüglern?

Was tust du, wenn du keinen Safer Sex praktizieren kannst, weil du zum Beispiel keine Kondome dabeihast?

Wie verhältst du dich, wenn du von Freunden zum Alkoholtrinken genötigt wirst, obwohl du nicht willst?

Was wäre, wenn?

STELL DIR FOLGENDE SITUATIONEN VOR UND ÜBERLEGE, WIE DU REAGIEREN WÜRDEST.

Du wirst Zeuge, wie jemand Schwächeres von einer aggressiven Gruppe angepöbelt wird

__ Du schaust unbeteiligt weg
__ Du greifst, ohne zu zögern, ein
__ Du bittest Erwachsene um Hilfe und rufst die Polizei

Du sitzt müde in einem überfüllten Bus und eine Mutter mit einem weinenden Kind steigt ein

__ Du stehst ungefragt auf und bietest deinen Platz an
__ Du stellst dich schlafend
__ Du bleibst sitzen, weil du selbst kaputt bist

Dein Kumpel will dich nach einer Party mit dem Auto nach Hause fahren, obwohl er Alkohol getrunken hat

__ Du fährst trotzdem mit, denn er hat nicht viel getrunken
__ Du überzeugst ihn, gemeinsam ein Taxi für die Rückfahrt zu nehmen
__ Du lässt ihn alleine fahren und rufst zu Hause an, damit du abgeholt wirst

Du findest ein Portemonnaie mit Ausweisen und viel Bargeld

__ Du nimmst das Bargeld raus und wirfst das Portemonnaie weg
__ Du nimmst das Bargeld raus und meldest dich beim Besitzer, dass du die Papiere gefunden hast
__ Du gibst den Fund komplett beim Fundbüro ab

Du sitzt als Beifahrer in einem Auto. Der Fahrer fährt ein anderes Auto an und begeht Fahrerflucht

__ Du meldest den Unfall umgehend der Polizei
__ Du versuchst den Fahrer zu überzeugen, sich der Polizei zu stellen
__ Du hältst dicht

In einer Prüfung findest du auf dem Klo Spickzettel eines Mitschülers

__ Wenn er schon mal da ist, benutzt du ihn auch
__ Du gibst ihn beim Lehrer ab
__ Du legst ihn ungelesen wieder zurück

Du erfährst von Bekannten, dass deine Mutter eine Affäre hat

__ Du glaubst ihnen nicht und vergisst die Bemerkung wieder
__ Du stellst deine Mutter sofort zur Rede
__ Du versuchst auf eigene Faust etwas herauszubekommen

Du siehst deinen Vater vormittags in der Fußgängerzone, obwohl er eigentlich bei der Arbeit sein müsste

__ Du sprichst ihn sofort an
__ Du denkst dir nichts dabei, es wird schon seine Richtigkeit haben
__ Du fragst ihn bei nächster Gelegenheit

Du bemerkst, dass jemand Nahestehendes ein Essproblem hat, es aber nicht wahrhaben will

__ Du redest mit deinen Eltern darüber
__ Du redest mit der betreffenden Person und bietest ihr deine Hilfe an
__ Das ist nicht dein Problem, du kümmerst dich nicht weiter darum

Dein Bruder/deine Schwester will beruflich zur Bundeswehr gehen und ist auch zu gefährlichen Auslandseinsätzen bereit

__ Toll, dass jemand aus deiner Familie Recht und Gesetz in der Welt vertreten will

__ Du versuchst die betreffende Person unbedingt davon abzubringen

__ Du redest mit deiner Familie darüber, aber akzeptierst die Entscheidung

Dein Freund/deine Freundin hat seinen Traumausbildungsplatz gefunden, der 600 km von deiner Stadt entfernt liegt

__ Du gibst eurer Beziehung keine Chance

__ Mal abwarten, wie das mit euch bei der Entfernung klappt

__ Das kann eure Liebe nicht erschüttern

Deine Eltern müssen wegen ihrer Arbeit in eine andere Stadt ziehen und du musst die Schule wechseln und deine Freunde zurücklassen

__ Du ziehst unter keinen Umständen mit – Totalverweigerung!

__ Du bist noch nicht volljährig und musst ihnen zähneknirschend folgen

__ Du hängst nicht übermäßig an deiner jetzigen Situation und siehst den Umzug als neuen Anfang

Auf einer Party werden Drogen genommen und dir wird etwas angeboten

__ Du willst nicht und lehnst entschieden ab

__ Du probierst etwas, um mitreden zu können

__ Du verschwindest sofort von dort

Zukunftsaussichten

18 Dinge, die dir die Volljährigkeit beschert

1. Party machen können, sooft und so lange man will, ohne um Erlaubnis zu fragen.
2. Alleine Auto fahren und auch eines kaufen können.
3. Sein eigenes Testament verfassen und eine Erbschaft annehmen oder ausschlagen können.
4. Schulpost ab sofort selbst erhalten und Entschuldigungen und Zeugnisse eigenhändig unterschreiben dürfen.
5. Ohne Erlaubnis der Eltern heiraten können.
6. Bei Streitigkeiten selbst oder durch einen Rechtsanwalt Gerichtsprozesse führen können.
7. Jeden beliebigen Job suchen und Geld verdienen können.
8. Selbst über Ausbildung, Studium etc. entscheiden können.
9. Einen Arbeits- oder Mietvertrag unterschreiben können.
10. Einen Kredit aufnehmen oder ein Bankkonto eröffnen können.
11. Tabakwaren kaufen und in der Öffentlichkeit rauchen dürfen.
12. Aktiv wählen gehen oder sich selbst zur Wahl aufstellen lassen können.
13. Bisher gesperrte Internetseiten offiziell besuchen dürfen.
14. An Glücksspielen teilnehmen können.
15. Nach 24:00 Uhr alleine unterwegs sein können.
16. Freien Zugang zu jeder Art von Alkohol haben.
17. Volle und alleinige Verantwortung haben für das, was man tut oder lässt.
18. Komplett selbstbestimmt sein.

Die Herausforderung

Wachse über dich hinaus! Machbar oder ein Ding der Unmöglichkeit?

	VORSTELLBAR	AUF KEINEN FALL	VIELLEICHT
Geh für ein Austauschjahr oder als Au-pair in ein anderes Land	○	○	○
Nimm an einem Triathlon teil	○	○	○
Verbring eine Nacht allein im Wald	○	○	○
Lebe einen Monat ohne PC und Handy	○	○	○
Wechsle einen Tag das Geschlecht	○	○	○
Steige in den erstbesten Zug und verbringe einen Tag am Ort der Endstation	○	○	○
Versuche alles, um ein großes Vorbild von dir kennenzulernen	○	○	○
Werde Darsteller in deiner Lieblingssoap	○	○	○
Geh auf eine stylische Party, zu der du gar nicht eingeladen bist	○	○	○
Sag einen Tag lang nur die Wahrheit	○	○	○
Leg dich mit der Polizei an	○	○	○

deines Lebens

Spring nackt ins Becken eines gut besuchten Schwimmbads

Verzichte 3 normale Tage lang auf dein Schminkzeug

Lebe einen Monat lang nach einer anderen Religion

Lies drei Bücher hintereinander durch

Lebe ein Wochenende ohne jedes technische Gerät

Schreibe handschriftlich einen fünfseitigen Brief

Verzichte sieben Wochen lang auf Fleisch, Alkohol, Nikotin und Süßes

Mach dich mit irgendetwas Peinlichem zum Lacher der Fußgängerzone

Mach ein Praktikum in einem Altenheim

Geh in eine Castingshow, obwohl du nichts kannst, was dort verlangt wird

Welche Länder ...

... hast du schon bereist? Markiere sie grün!

… möchtest du unbedingt noch sehen?
Markiere sie rot!

Visionen und

Welchen Schulabschluss willst du erreichen und was kommt danach?

Was würdest du mit einer Million Euro anfangen?

Stell dir vor, du müsstest dir als Erwachsener um nichts Sorgen machen und könntest tun, was du willst. Wie würde dein Leben aussehen?

Lebensträume

... wenn du erwachsen bist

Welche Konsum- und Luxusgüter hast du dir dann angeschafft?

Welchen Beruf übst du aus?

Lebst du in einer Beziehung und hast Kinder? Wie viele?

Engagierst du dich politisch oder bist du prominent?

Wie würdest du

Trage in das entsprechende Kästchen Traumland und -stadt ein und mit wem du dort wohnen möchtest!

später gern wohnen?

WEM DIESES BUCH GEFALLEN HAT, DER KANN
ES UNTER **WWW.CARLSEN.DE** WEITEREMPFEHLEN
UND EINEN PREIS GEWINNEN!

Mit Dank an
Anna, Charlotte, Elisabeth, Jonathan, Lisanne und Milena!

Nikki Busch, Spezialistin für kreative Denkvorlagen, lebt in Hamburg und ist hauptberuflich Marketing- und Vertriebsberaterin. Ihre Eltern, ihr Ehemann und eine pubertierende Tochter stellen sie zuweilen vor die erstaunlichsten Lebensfragen. Daraus schöpft sie laufend neue Ideen für das Schreiben von ungewöhnlichen Geschenk- und Aktionsbüchern.

Originalausgabe
Veröffentlicht im Carlsen Verlag
Mai 2011

Nach einer Idee von Bettina Domzalski
Lektorat: Therese Hochhuth
Gesamtgestaltung und Satz: Kerstin Schürmann, formlabor
Corporate Design Taschenbuch: Dörte Dosse
Druck und Bindung: GGP Media GmbH, Pößneck
ISBN 978-3-551-31030-9
Printed in Germany

Bildnachweis:
S. 3: subwaytree/photocase.com; S. 4/5: AllzweckJack/photocase.com; S. 11/12: suze/photocase.com; S. 21: Punkti/photocase.com; S. 22: alle iStockphoto.com©Eric Isselée; S. 27: iStockphoto.com©stockcam; S. 32/33: diekatha/photocase.com; S. 34/35: crsphoto/photocase.com; S. 40/41: v. l. n. r. iStockphoto.com©Soren Pilman/anandha krishnan/Jorge Gonzalez/Scott Krycia/zakazpc; S. 42: iStockphoto.com©james steidl; S. 43: iStockphoto.com©vizualbyte/Mustafa Hacalaki; S. 49: iStockphoto.com©yasinguneysu; S. 50: iStockphoto.com©ilbusca; S. 56: Gräfin./photocase.com; S. 60/61: seleneos/photocase.com; S. 66/67: MMchen/photocase.com; S. 76/77: an.ma.nie/photocase.com; S. 80: JoeEsco/photocase.com; S. 82: iStockphoto.com©Allen Johnson; S. 83: view7/photocase.com; S. 84/85: erdbeersüchtig/photocase.com; S. 86-89: iStockphoto.com©craftvision; S. 90: iStockphoto.com©Floortje; S. 92/93: alle iStockphoto.com©John_Woodcock; S. 95: iStockphoto.com©Ines Koleva; S. 96: iStockphoto.com©emily2k/Ines Koleva; S. 97: iStockphoto.com©Ines Koleva; S. 100/101: kallejipp/photocase.com; S. 103: seifenbläschen/photocase.com; S. 108: eris23/photocase.com; S. 110/111: iStockphoto.com©Jan Rihak; S. 114/115: v. l. n. r. iStockphoto.com©Sean Locke/Justin Horrocks/lyfloor/Marko Tomiçiç/Chris Schmidt/Anna Furman/Jaroslaw Wojcik/Jaroslaw Wojcik/Jan Tyler/Anna Yu; S. 116: iStockphoto.com©tiridifilm; S. 117: iStockphoto.com©Dragan Romanovic; S. 118: carlitos/photocase.com; S. 120: Ryu-Tako/photocase.com; S. 125: iStockphoto.com©Hans Doddema; S. 127: Saimen./photocase.com; S. 132: zazou/photocase.com; S. 140: artweise./photocase.com; S. 144/145/146: kallejipp/photocase.com; S. 150/151: iStockphoto.com©Natural_Warp; S. 154/155: v. l. n. r. iStockphoto.com©nicoolay/Alexander Kalina/Mikhail Mishchenko/nicoolay/A-Digit/4x6/Tomasz Pietryszek/Dmitry Kutlayev/Eliza Snow; S. 156: john krempl/photocase.com